永良サチ

ばいばい、片想《かたおも》い

PHP

もくじ

01 ― 幼《おさな》なじみとクラスメイト …… 4

02 ― 変わり者と呪《のろ》いの言葉 …… 19

03 ― 激《げき》辛《から》バーガーと水族館 …… 45

04 ― 恋《こい》心《ごころ》と勇気 …… 63

05 ― モテ期と弱虫 …… 91

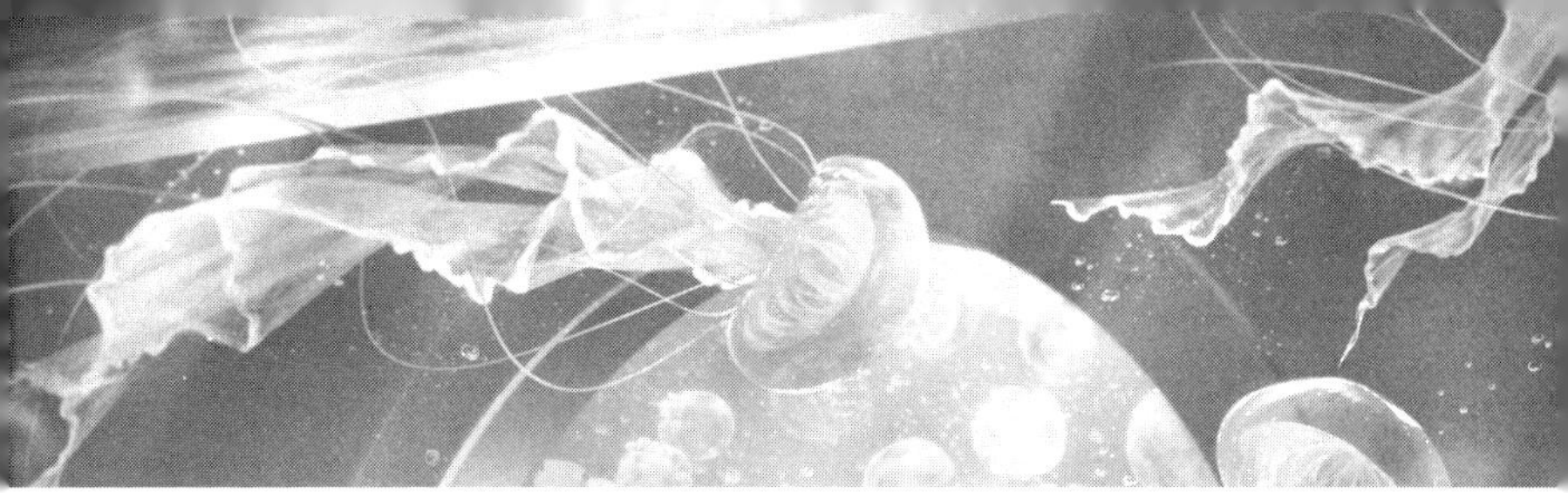

06 — きみの秘《ひ》密《みつ》と星の花……108

07 — いちごみるくと胸《むね》の鼓《こ》動《どう》……128

08 — 秘《ひ》めた気持ちと涙《なみだ》の夜……146

09 — 揺《ゆ》れる心ときみへの告《こく》白《はく》……158

10 — 好きな人と片《かた》想《おも》い……175

01 ― 幼《おさな》なじみとクラスメイト

中学生になって二か月。今日もいつもと変わらない朝が来た。私《わたし》は家を出て集合住宅街《じゅうたくがい》の道を歩く。曲がり角を右折した先、待ち合わせ場所である電柱の前には幼《おさな》なじみで親友の古宮環奈《こみやかんな》がいた。

「美和《みわ》～！」

私《わたし》の姿《すがた》を見るなり、環奈《かんな》はうれしそうに手を振《ふ》っている。

彼女《かのじょ》は幼《おさな》いころからお人形のような顔立ちをしていて、中学一年生になった今ではさらにかわいらしさに磨《みが》きがかかっている。一方の私《わたし》は背《せ》が高くて、おまけに筋肉質《きんにくしつ》。両親ゆずりの切れ長な目も相まって、きつく見られてしまうことも多い。同じ学校の制服《せいふく》を着ているのに、どうしてこうもちがって見えるのか。自分と環奈《かんな》の容姿《ようし》を比較《ひかく》して、少しはそのかわいらしさを分けてほしい、なんて思っていたら、もうひとりの幼《おさな》なじみと目が合った。

「美和《みわ》、おはよう」

彼《かれ》の名前は神谷優《かみやゆう》。環奈《かんな》と同じように周囲から浮《う》いてしまうほど整った顔をしてるけれど、イケメンであることを鼻にかけるわけでもなく、性格《せいかく》は温厚《おんこう》で優《やさ》しい。

「うん、ふたりともおはよ」

「もう、美和《みわ》ってば朝からテンション低い！」

「美和《みわ》は低血圧《ていけつあつ》だからなー」

私《わたし》たちの関係は幼稚園《ようちえん》のうさぎ組からはじまって、小学校も一緒《いっしょ》で現在《げんざい》の中学校も同じ。

おたがいの家が近所ということに加えて親同士《どうし》の仲もいいから、私《わたし》はふたりと離《はな》れたことがないし、幼《おさな》なじみをこえて兄妹《きょうだい》みたいだとまわりから言われることも多い。

「ねえ、週末の水族館やっぱり美和《みわ》も行こうよ」

環奈《かんな》からこの誘《さそ》いを受けるのはこれで三回目だ。

「その日は用事があるって言ってたでしょ？」

「でも三人で行きたいよ。ね、優《ゆう》？」

「うん。美和《みわ》がいたほうが楽しいし、せっかくなら予定をずらして美和《みわ》が行ける日に……」

「いやいや、私《わたし》に遠慮《えんりょ》しなくていいから、ふたりで楽しんできなって！」

納得《なっとく》してないふたりとは反対に、私《わたし》は明るく押《お》しきった。

私《わたし》たちは誰《だれ》の目から見ても仲良しで、他の人が入れないほどつねに一緒《いっしょ》にいるけれど、その中にも隠《かく》しごとは存在《そんざい》する。

環奈《かんな》は優《ゆう》のことが好き。

優《ゆう》は環奈《かんな》のことが好き。

つまりふたりは両想い。

私《わたし》はふたりの親友だから、環奈《かんな》から優《ゆう》の相談をされることもあるし、優《ゆう》から環奈《かんな》の話を聞くこともある。

私《わたし》はそのたびにうすっぺらいアドバイスをして、ふたりの恋《こい》を応援《おうえん》している〝ふり〟をしてきた。

本当は私《わたし》も……優《ゆう》が好きだ。でもお似合《にあ》いすぎるふたりの間に割《わ》って入ることなんて、できるはずがない。だから私《わたし》は水族館に行こうという誘《さそ》いを断《ことわ》った。用事なんてないのにウソもついた。両想いのふたりをそばで見てるのがつらいから。

こんなこと、誰《だれ》にも言えない。ただの幼《おさな》なじみでいられたらどんなに楽だっただろうか。

何も考えずに無邪気《むじゃき》に遊べていたところに戻《もど》りたい。


「ねえ、松永《まつなが》さん。環奈《かんな》ちゃんと神谷《かみや》くんってつき合ってるの？」

二時間目の休み時間。タイミングを見計らっていたみたいにクラスメイトの女子たちが声をかけてきた。ちなみに環奈《かんな》と優《ゆう》も同じクラスで、今は日直の仕事で教室にはいない。

「え、ふたり？　ううん、つき合ってないけど」

「でもいずれそうなる感じなのかな？」

「さ、さあ、どうなんだろうね」

「ほら、神谷《かみや》くんって女子から告白《こくはく》された時、好きな人がいるからって断《ことわ》ってるでしょ。それって環奈《かんな》ちゃんのことだよね？」

ふたりが両想いだということはまわりの人も気づいているとはいえ、ここで軽々しく『そうだよ』なんて言えるはずもなく……。

「みんな神谷《かみや》くんねらいだけど、相手が環奈《かんな》ちゃんじゃ勝ち目ないよね。松永《まつなが》さんも美男美女の幼《おさな》なじみがいて自慢《じまん》だね」

「はは、まあね」

悪気がない言葉に胸《むね》を痛《いた》めながら、それを隠《かく》して笑顔《えがお》を作った。

ふたりの幼《おさな》なじみでうらやましいと、みんな口をそろえて言ってくるけれど、それがいい意味だけではないことを私《わたし》は知っている。

『松永《まつなが》さんってサバサバしてるから、環奈《かんな》ちゃんとは合わなそうだよね』『神谷《かみや》くんとも気軽に話したりしてるけど、幼《おさな》なじみじゃなかったらぜったいに無理だよね』『あのふたりといてもちょっと浮《う》いてるっていうか、並《なら》んではずかしくないのかな？』

小学生の時、そんな辛辣《しんらつ》なことを友だちでもない人から言われたことがあった。言いたい人には言わせておけばいいし、そんなの気にしない！　って強い気持ちでいたこともあった。

でも環奈《かんな》と比《くら》べられたり、優《ゆう》と仲良くしてるなんてズルいとまわりから言われるうちに、私《わたし》はふたりと幼《おさな》なじみでいいんだろうかという考えが生まれはじめた。

そういうのが積み重なって自信をなくしていった結果、環奈《かんな》と優《ゆう》に対して引け目を感じることが増《ふ》えた。

もちろんふたりは私《わたし》がそんなふうに思っているなんて気づいてないし、気づかれないようにもしてる。

「あ、もうすぐふたり帰ってきちゃうよね。さっきの話は環奈《かんな》ちゃんたちには内緒《ないしょ》にしてね！」

声をかけてきた女子たちがころあいを見て去っていった。

環奈《かんな》と優《ゆう》には話しかけられなくても、私《わたし》だったら気軽にあれこれと聞けるんだろう。なんかふたりのマネージャーみたいと自虐的《じぎゃくてき》に思っていたら、どこからか視線《しせん》を感じた。それは廊下側《ろうかがわ》の一番後ろの席。金髪《きんぱつ》にピアスと、校則《こうそく》を無視《むし》しまくっているクラスメイト・鮫島楓《さめじまかえで》が私《わたし》のことをじっと見ていた。

……何あれ、こわっ。

思わず目をそらした。彼《かれ》は入学当初から目立っていて、髪色《かみいろ》の他にも学ランの下に派手《はで》なトレーナーを着ていたりする。それによって上級生から目をつけられているらしいけれど、ケンカっ早いわけでも、反抗的《はんこうてき》な態度《たいど》を取っているわけでもなく、ただ個性的《こせいてき》というか、何を考えているのかわからない生徒でもある。ひとりでも全然平気って感じで誰《だれ》とも群《む》れない彼《かれ》は、ある意味教室で浮《う》いた存在《そんざい》だ。でも環奈《かんな》たちと一緒《いっしょ》にいて浮《う》いている私《わたし》とはちがう。

私《わたし》は……あのふたりといることに自信をなくしていても、ひとりになることを選べない。だから彼《かれ》のことをうらやましく思う半面、自分にできないことを見せつけられているような気がして、勝手に苦手意識《いしき》をもっていたりする。

＊

「美和《みわ》、今日の帰りどうする？」

放課後、環奈《かんな》が私《わたし》の席にやってきた。今日は委員会の日で、彼女《かのじょ》は図書委員に入っている。

「じゃあ、先に帰ってるよ」

「ひとりで大丈夫《だいじょうぶ》か？」

環奈《かんな》の隣《となり》で心配そうな顔をしているのは優《ゆう》だ。彼《かれ》もまた同じ図書委員で、ふたりは仲良く立候補《りっこうほ》をして一緒《いっしょ》にやることになった。

「小さい子どもじゃないんだから平気だよ」

「たしかに美和《みわ》はしっかりしてるもんな」

「でしょ？」

「でも変なやつについていくなよ？」

「わ、な、何っ」

からかうようにして優《ゆう》から髪《かみ》の毛《け》をワシャワシャされた。それを見て環奈《かんな》は「美和《みわ》のことをいじめないでよ～！」って笑っている。これが私《わたし》たちの形であり、ずっとずっと変わらないものだと思っていた。なのに、優《ゆう》にさわられると胸《むね》がドキドキする。環奈《かんな》みたいに笑い飛ばしたいのに、この気持ちだけはバレちゃいけないのに……。

こじらせた片想《かたおも》いは毎日毎日大きくなるばかりだ。

「はあ……」

ふたりが教室から出ていったあと、深いため息をついた。他の生徒もいない教室はとても静かで、自然と〝あの日〟のことを思い起こさせる。

『じつはずっと前から優《ゆう》のことが好きなんだけど、どうしたらいいと思う？』

環奈《かんな》からそんな相談をされたのは、小学五年生の夏だった。

こんなふうに空っぽになった放課後の教室で打ち明けてくれた彼女《かのじょ》の耳は真《ま》っ赤《か》で、瞳《ひとみ》は宝石《ほうせき》みたいにキラキラしてた。それを見て、あ、勝てないなって思った。もともと勝てる要素《ようそ》なんてなかったけれど、まるで好きな人への告白《こくはく》みたいな顔をしてる環奈《かんな》はいつも以上にかわいかったから。

私《わたし》は応援《おうえん》するよって言えなかった。親友として言ってあげたかったのに、できなかった。どうしたらいいって言われても、私《わたし》も優《ゆう》のことが好きなんだけど、どうしたらいいんだろうって、そればかりを考えてた。

今思えば、それを口に出して言えばよかったんだと思う。でも私《わたし》のことを信用して相談してくれた環奈《かんな》に言える雰囲気《ふんいき》じゃなかった。

環奈《かんな》がいつから優《ゆう》のことを好きだったのかは知らない。でも私《わたし》は幼稚園《ようちえん》のころから優《ゆう》に恋《こい》をしていた。優《やさ》しくて、カッコよくて、一番近くにいる男の子。彼《かれ》に恋《こい》をするなというほうが無理だった。それからは誰《だれ》を見ても優《ゆう》と比《くら》べてしまって心を動かされることはなかったし、何をしていても彼《かれ》のことを目で追っていた。でもそれは同じ月日を過《す》ごしてきた環奈《かんな》も同じだったんだろう。

私《わたし》は教壇《きょうだん》に上がって、黒板の文字を見つめた。今日の日直のところにはふたりの名前が書かれている。

同じ学校で、同じクラスで、同じ委員会で、席はくじ引きで決めたのに隣同士《となりどうし》。まるで神様までふたりをくっつけようとしてるみたい。

「……席替《せきが》えくらい、優《ゆう》の隣《となり》にしてくれてもいいのにな」

気づくと私《わたし》は並《なら》んで書かれていた環奈《かんな》の名前だけを指でこすって消していた。

わ、私《わたし》ってば、何をしてるんだろう？

あわてて名前を書き直そうとしたら、背後《はいご》で物音がした。

「松永《まつなが》さんって、神谷《かみや》のことが好きなんだね」

それは夕日の色と重なって、よりいっそう髪《かみ》の毛《け》が輝《かがや》いている鮫島楓《さめじまかえで》だった。もしかしたら、環奈《かんな》の名前を消したところを見られていたのかもしれない。

「俺《おれ》さ、ずっと思ってたんだよ。松永《まつなが》さんって笑うのが下手《へた》だなって」

「な、なんの話？」

「だっていつも神谷《かみや》と古宮《こみや》さんに遠慮《えんりょ》して、ふたりの後ろを歩いてるじゃん。幼《おさな》なじみなのになんでかなって思ってたけど、なるほどね」

まだこっちはなんにも言っていないのに、勝手に納得《なっとく》されている。

「か、仮《かり》に私《わたし》が優《ゆう》のことが好きだったとしても、鮫島《さめじま》……くんには関係ないでしょ？」

「そうだね。でも松永《まつなが》さんが必死に隠《かく》してる気持ちなんてすぐにバレるよ。こうやって古《こ》宮《みや》さんの名前を消しちゃうくらいに切羽詰《せっぱつ》まってるわけだし」

たしかに私《わたし》は自分が思っている以上に余裕《よゆう》がない。小学生の時はまだ早いよね、なんて言っていた誰《だれ》かとつき合うということが中学生では当たり前になってくる。クラスメイトの女子たちが言っていたように、優《ゆう》は告白《こくはく》されまくっているし、環奈《かんな》も上級生の男子たちからかわいいと目をつけられている。そういう環境《かんきょう》がきっと恋《こい》を前に進ませる。だからあのふたりがつき合うのは時間の問題だと思う。

覚悟《かくご》はずっと前からしてる。

だけど、ふたりからうれしそうに報告《ほうこく》された時、私《わたし》はどういう顔をしたらいいんだろう。想像《そうぞう》しただけで胸《むね》が痛《いた》い。鮫島《さめじま》に下手《へた》だって言われた笑顔《えがお》さえ作れる自信がない。

「自分の気持ちを神谷《かみや》に伝えようとは思わないの？」

「思うわけないじゃん。だって優《ゆう》は……」

「古宮《こみや》さんのことが好きだから？」

「……そうだよ。だから優《ゆう》に言ったところで困《こま》らせるだけだし、そんなことをしちゃったら何もかもダメになる」

幼《おさな》なじみっていう関係も環奈《かんな》との友情《ゆうじょう》も壊《こわ》れて、優《ゆう》の近くにもいられなくなってしまうかもしれない。

「でも今のままだと、自分がつらいだけじゃないの？」

「そうだとしても、どうしようもないよ」

私《わたし》だってこんな片想《かたおも》い、早く終わりにしたいし、できればふたりのことを応援《おうえん》できる自分になりたい。でも、どうしても優《ゆう》に対する気持ちが消えてくれない。なんで環奈《かんな》と同じ人を好きになっちゃったんだろう。なんで私《わたし》たちは幼《おさな》なじみなの？

「……っ」

急に苦しさがこみ上げてきて、唇《くちびる》をかんだ。

ここで泣いたら、環奈《かんな》が悪者になる。

泣いてしまったら、もっと優《ゆう》への気持ちがこじれる。

だから、泣かない。ぜったいに泣くもんか。

「じゃあ、俺《おれ》に相談したらいいよ」

彼《かれ》がゆっくりと近づいてきた。身長は優《ゆう》よりも高くて、教壇《きょうだん》に上がっている私《わたし》のことも見下ろせるくらいだった。

「そ、相談？」

「神谷《かみや》と古宮《こみや》さんにはできない話がたくさんあるでしょ。俺《おれ》だったら美和《みわ》ちゃんの話を聞いてあげられる」

「え、待って、美和《みわ》ちゃん？」

「美和《みわ》ちゃんのほうが呼《よ》びやすいし、ダメ？」

「ダメとかじゃないけど……」

「俺《おれ》のことも好きなように呼《よ》んでいいよ」

「じゃあ、さ、鮫島《さめじま》で」

なんでこんな展開《てんかい》になっているんだろう。ゆっくり考えたいのに、彼《かれ》はその時間さえくれない。

「だから俺《おれ》と友だちになろ？」

「えっと……これは断《ことわ》ったら私《わたし》の気持ちをみんなにバラす的なこと？」

「ああ、その手があったか！」

「ええっ」

「はは、うそ、うそ。俺《おれ》ね、口だけは堅《かた》い男だよ」

そう言って、鮫島《さめじま》は私《わたし》の手に何かを握《にぎ》らせてきた。おそるおそる確認《かくにん》すると【元気が出る飴《あめ》】と書かれた包み紙だった。

「ずっと貼《は》りつけたように笑ってる子だなって、前から美和《みわ》ちゃんのことが気になってたんだ」

「私《わたし》って……そんなに笑うの下手《へた》？」

「うん、超下手《ちょうへた》。だから本当の笑顔《えがお》が見てみたいって思ってたんだ」

鮫島《さめじま》は笑うと犬歯が見える。それが少しだけかわいいと思えるくらいに私《わたし》は落ち着いていた。

「鮫島《さめじま》に相談したら、何か変わる？」

「変えていくのは美和《みわ》ちゃんだよ」

「変えて……いけるかな」

「俺《おれ》は美和《みわ》ちゃんが心から笑えるようになったらいいなって思ってるよ。だから俺《おれ》と友だちになろう」

鮫島《さめじま》が私《わたし》に手を差し出してきた。

物心ついた時から私《わたし》の隣《となり》には環奈《かんな》と優《ゆう》がいて、他の人なんていらなかったし、こうやって誰《だれ》かに求められたこともなかった。

……こんなふうに友だちになりたいって言われたのは初めてだ。

○２　―　変わり者と呪《のろ》いの言葉

「美和《みわ》、なんかあった？」

翌日《よくじつ》。テニス部の朝練がある環奈《かんな》は一足先に学校へと向かったため、私《わたし》は優《ゆう》とふたりで通学路を歩いていた。

「え、な、何が？」

「めずらしくぼうっとしてる気がして」

優《ゆう》とふたりきりでうれしいはずなのに、頭の中ではずっと昨日《きのう》の放課後のことを思い返していた。

私《わたし》はあのあと、正確《せいかく》な返事をしないまま帰った。少しだけ心が揺《ゆ》れたけれど、鮫島《さめじま》がどういう人なのかわからないし、簡単《かんたん》に友だちになるのは危《あぶ》ない気がして逃《に》げてしまった。

「大丈夫《だいじょうぶ》、低血圧《ていけつあつ》のせいだよ」

「そう？　何かひとりで思《おも》い悩《なや》んだりしてない？」

「してないよ」

優《ゆう》は昔からまわりのことがよく見えていて、些《さ》細《さい》な変化にも気づいたりするけれど、私《わたし》の気持ちだけには気づいていない。それに比《くら》べて環《かん》奈《な》はわかりやすい。視《し》線《せん》だったり、話し方だったり、好きな人に好きだと思ってもらえる努力をしてきた結果が両想いという形になった。

「環《かん》奈《な》がいないと変な感じだよね。テニス部の朝練はほぼ自主練習らしいけど、環《かん》奈《な》はできるだけ毎日やるって」

「テニス部の顧《こ》問《もん》はけっこう厳《きび》しいって聞くけど、大《だい》丈《じょう》夫《ぶ》かな」

「ね、心配だけど、試合にもいつか出るんだ！　って張《は》りきってた」

「それが叶《かな》ったら一《いっ》緒《しょ》に応《おう》援《えん》に行こうな」

「うん、そうだね」

欠点がないように見える環《かん》奈《な》だけど、じつは大の運動音《おん》痴《ち》。だから小学校のころは体を動かさない飼《し》育《いく》係に入っていて、放課後には一《いっ》緒《しょ》にウサギの世話をしていた。なのに環《かん》奈《な》は中学入学を機に迷《まよ》いなく運動部を選んだ。その理由を前に聞いたら、苦手なことを克服《こくふく》したいからだと笑って答えた。

……そういうところが偉《えら》いんだよね。私《わたし》は苦手だと思うことはとことん避《さ》けるタイプだし、平気で逃《に》げたりもする。昨日《きのう》の鮫島《さめじま》のことだってそうだ。

「優《ゆう》は部活入らなくてよかったの？　ほら、バスケとかさ」

「うん。中学は勉強に専念《せんねん》するって決めたから」

「優《ゆう》も偉《えら》いね」

「も？」

「あ、ううん。こっちの話！」

ふたりにはしっかりした目標があるのに、私《わたし》には何もない。私《わたし》も置いていかれないように頑張《がんば》らなきゃって思う反面、きっと追いつくことなんてできないだろうなと、何もしてないくせにあきらめてる自分もいる。

「帰りも環奈《かんな》は部活だけど、どうする？　俺《おれ》は本屋に寄《よ》る用事があるんだけど」

「あ、だったら私《わたし》も……」

「美和《みわ》ちゃん、おはよ」

優《ゆう》との会話をさえぎるように声をかけられた。私《わたし》たちはちょうど昇降口《しょうこうぐち》に着いて、下駄《げた》箱《ばこ》から上履《うわば》きを取り出したところだった。

「さ、鮫島《さめじま》っ」

髪色《かみいろ》だけで目立つというのに、今日の彼《かれ》は学ランの下に水色のパーカーを着ていた。

「いつもこの時間に登校してるの？　俺《おれ》、今日はめずらしく遅刻《ちこく》しないで来れたから朝から会えたね」

「えっと」

「美和《みわ》ちゃんって徒歩だっけ。俺《おれ》チャリ通《つう》だから今度後ろに乗ってもいいよ。あ、ふたり乗りってダメか！」

ま、待って。なんだか友だちみたいな雰囲気《ふんいき》で話しかけられてるけれど、そもそも私《わたし》は友だちになることを承諾《しょうだく》していない。昨日《きのう》は逃《に》げるように帰っちゃって、普通《ふつう》は気を悪くしていてもおかしくないはずなのに、鮫島《さめじま》はなんにもなかったみたいな顔をしてる。

あれ、私《わたし》、返事してないよね？

友だちになったんだっけ？　いや、なってないよね？

自分の記憶《きおく》に不安になっていたら、「えっと、美和《みわ》と鮫島《さめじま》って仲良かったっけ？」と優《ゆう》が呆気《あっけ》に取られていた。

「仲良くっていうか……」

「俺《おれ》ら友だちになったんだもんね？」

「なってないから！」

優《ゆう》の前なのに、思わず大きな声を出してしまった。優《ゆう》に説明したくても、昨日《きのう》の放課後のことをなんて話したらいいのかわからない。考えるように黙《だま》りこんだ私《わたし》を見て、優《ゆう》がかばうように鮫島《さめじま》に詰《つ》め寄《よ》った。

「おい、鮫島《さめじま》。美和《みわ》にちょっかい出すなよ」

「そんなことしてないよ。俺《おれ》は美和《みわ》ちゃんと仲良くしたいだけ」

「美和《みわ》はそんなふうに思ってないみたいだけど？」

「神谷《かみや》に美和《みわ》ちゃんの気持ちはわからないだろ」

「わかるよ」

「本当にわかってる？」

「当たり前だろ。幼《おさな》なじみなんだから」

「それって呪《のろ》いの言葉に似《に》てない？」

「は？」

いつも温厚《おんこう》な優《ゆう》がめずらしく怖《こわ》い顔をしている。このままじゃまずいと、私《わたし》は鮫島《さめじま》の制《せい》服《ふく》を引《ひ》っ張《ぱ》った。

「……ちょっと来て！」


やってきたのはひとけがない教材室。ここは授業《じゅぎょう》で使う小道具や資料《しりょう》がたくさん置かれている場所だ。私《わたし》はそこに鮫島《さめじま》のことを押《お》しこんでドアを閉《し》めた。

「さっきのはなんなの？　からかってるなら本当にやめてよ」

「からかってないよ？」

「それに優《ゆう》に変なこと言うのもやめて」

「変なことなんて言ってないし、逆《ぎゃく》に俺《おれ》が神谷《かみや》に絡《から》まれた感じだと思うんだけど」

「それは私《わたし》が……困《こま》ってると思ったからだよ」

私《わたし》たちは今までずっと三人でいた。他の人がその輪に入ってくるということも今までなかった。もちろんおたがいに束縛《そくばく》し合っているわけでも、他の人と仲良くしないと決めているわけでもない。だから私《わたし》がちゃんと説明できればよかったんだ。でも環奈《かんな》の名前を消してるところを見られて、優《ゆう》に片想《かたおも》いしてることがバレて。相談に乗ってあげるから友だちになろうと言われたなんて……言えるはずがない。

「昨日《きのう》は逃《に》げちゃったけど、私《わたし》、鮫島《さめじま》とは友だちになれない」

「なんで？」

「ふたりに説明できないから」

「友だちを作るのにふたりの許可《きょか》がいるの？」

「許可《きょか》とかじゃなくて、報告《ほうこく》はしないといけないし」

「べつに報告《ほうこく》も必要ないと思うけどね」

「鮫島《さめじま》は優《ゆう》たちのことが嫌《きら》いなの？」

「神谷《かみや》に関しては思うことはあるかな。嫌《きら》いってわけじゃないけど、古宮《こみや》さんが好きなくせに美和《みわ》ちゃんのことも自分のものみたいに振《ふ》るまうから、ズルいとは思ってる」

「それは幼《おさな》なじ……」

言いかけた唇《くちびる》を止める。――幼《おさな》なじみだからは呪《のろ》いの言葉。あれは優《ゆう》に向けて言ったんじゃなくて、私《わたし》の心の奥《おく》にあった気持ちを鮫島《さめじま》が代弁《だいべん》してくれたのかもしれない。

「とりあえず友だちがほしいなら私《わたし》じゃなくてもいいでしょ。そろそろホームルームがはじまるから教室に……」

踵《きびす》を返してドアノブにさわろうとすると、それを止めるように鮫島《さめじま》から手を握《にぎ》られた。

「え、な、何？」

びっくりして思わず彼《かれ》の手を払《はら》い除《の》けてしまった。手の甲《こう》が熱をもっている。鮫島《さめじま》の手はバカみたいに大きかった。

「あ、ごめん。引きとめようとしたら美和ちゃんの手に触《さわ》っちゃった」

他意はありませんというように、鮫島《さめじま》が両手を上げた。

「べ、べつにいいよ。むしろ私《わたし》もとっさに手を払《はら》ってごめん」

「え、べつにいいの？」

「いや、そういう意味じゃなくて、ハプニングは誰《だれ》にでもあることかなって」

私《わたし》も優《ゆう》と歩いている時に、不意に肩《かた》が当たってしまうことがあったりするから。

「とりあえずチャイムが鳴るから教室に戻《もど》ろう」

「美和《みわ》ちゃんが俺《おれ》のことを連れてきたのに？」

「遅刻《ちこく》になって先生に理由聞かれたら面倒《めんどう》でしょ」

「そしたら友だちとしゃべってましたって言うよ」

私《わたし》のことを止めたくせに、鮫島《さめじま》はあっさりと教材室から出た。私《わたし》は彼《かれ》のことを追いかける形で横に並《なら》ぶ。

「ねえ、待って。私《わたし》、友だちにはならないって」

「ハプニングならあり。覚えておくね」

「え、それはそれでなんかちがう気がするんだけど……って、そうじゃなくてさ！」

なんで鮫島《さめじま》に振《ふ》りまわされなきゃいけないんだろう。だんだん腹《はら》が立ってきて追《お》い抜《ぬ》いてやろうと思ったのに、私《わたし》がどんなに速く歩いても鮫島《さめじま》は余裕《よゆう》な顔でついてくる。なんだか徒競走みたいになってきた。

「ハア……ハア、もう、本当になんなの？」

「なんかおもしろくなってきた」

「私《わたし》はちっともおもしろくない！」

「俺《おれ》、美和《みわ》ちゃんと友だちになるからね」

「ハア……わ、わかった。わかったからさ、ちょっとストップ、休憩《きゅうけい》」

三階にある教室をうらみたくなるほど息が上がっている。それなのに鮫島《さめじま》は顔色ひとつ変えないで「わかったって言ったね？　言ったよね⁉」と何度も確認《かくにん》してきた。その喜《よろこ》びようはまるで、ご褒美《ほうび》をもらえた犬みたい。

なんでそこまでして、私《わたし》と友だちになりたいのかはわからない。でも怒《おこ》りたいのに、怒《おこ》れない。鮫島《さめじま》は変だけど、憎《にく》めない人だ。

＊

体育の着替《きが》えは女子が教室、男子は体育館になっている。そんな中で、私《わたし》の隣《となり》では環奈《かんな》がため息をついていた。

「もしかして、優《ゆう》が呼《よ》び出《だ》されたこと気にしてる？」

それは数分前のできごと。三時間目の終わりを告《つ》げるチャイムと同時に優《ゆう》が廊下《ろうか》に出ると、そこに待ちかまえている女子の先輩《せんぱい》がいた。結局そのままどこかに連れていかれてしまい、その光景を環奈《かんな》も見ていた。

「だって二年生の先輩《せんぱい》、かわいかったし……」

「いやいや、環奈《かんな》のほうがかわいいよ？」

「そんなことないよ……」

環奈《かんな》はこんなにも飛《と》び抜《ぬ》けた容姿《ようし》をしてるのに、自分に自信がない。もしも私《わたし》が環奈《かんな》だったらぜったい調子に乗ってるし、優《ゆう》が他の人に目移《めうつ》りするわけないって高飛車な性格《せいかく》になっていそうだけど、彼女《かのじょ》はいつでも弱気だ。まあ、そこが環奈《かんな》のいいところであり、優《ゆう》もかわいいと感じている部分なんだと思う。

「優《ゆう》のことだからいつもみたいに断《ことわ》ったでしょ」

優《ゆう》のことを好きな女子がたくさんいても、彼女《かのじょ》という椅子《いす》に座《すわ》れるのは、たったひとりだけ。そこは環奈《かんな》の名前で予約されていると言ってもいいくらいだ。

「ワガママなのはわかってるんだけど、優《ゆう》が他の女の子と話してると胸《むね》がモヤモヤしちゃって……」

「優《ゆう》は優《やさ》しいから声をかけられても無視《むし》できないんだよ。でもさ、そこが優《ゆう》のいいところでもあるし」

「うん、そうだよね。女の子に冷たかったりするよりはいいよね」

「そうそう」

「美和《みわ》、ありがとう。いつも私《わたし》を励《はげ》ましてくれて」

どういたしまして、と言いかけて少し考える。たしかに私《わたし》は弱気になりやすい環奈《かんな》に前向きな言葉をかけることが多い。だけどそれは励《はげ》ましてるんじゃなくて、自分に言い聞かせている気がする。

優《ゆう》がモテるのはしかたない。呼《よ》び出《だ》しに応《おう》じるのは優《やさ》しいからだって、落ち着かない心を隠《かく》して、落ち着いてるふりをしているのかもしれない。

「美和《みわ》は好きな人いないの？」

「え？」

「あ、美和《みわ》が恋《こい》バナとか苦手なのは知ってるよ？　でも中学生になったんだし、気になる人くらいいないのかなって」

私《わたし》は環奈《かんな》から恋愛《れんあい》の質問《しつもん》をされるたびに、興味《きょうみ》がないと誤魔化《ごまか》してきた。でも本当は少女マンガをいくつも集めているし、ドラマだってハマるのは必ず甘《あま》ったるいラブストーリーだ。苦手なわけでも興味《きょうみ》がないわけでもない。物心ついた時から優《ゆう》のことが好きだった私《わたし》の初恋《はつこい》は環奈《かんな》よりも早いだろう。でも『私《わたし》の好きな人は優《ゆう》だよ』なんて、言えるはずがない。特に環奈《かんな》にだけは……死んでも言っちゃいけないことだ。

「好きな人なんているわけないじゃん」

私《わたし》は作り笑顔《えがお》を彼女《かのじょ》に向けた。ウソをつくごとに、自分の顔に貼《は》りつけた仮面《かめん》が分厚《ぶあつ》くなっていく。

「でも美和《みわ》が興味《きょうみ》なくても、誰《だれ》かが美和《みわ》のことを好きになることもあるよ」

「はは、ない、ない」

「たとえば鮫島《さめじま》くんとかさ」

「え、なんで鮫島《さめじま》の名前が出てくるの？」

「だって優《ゆう》が言ってたよ。鮫島《さめじま》くんに美和《みわ》がなつかれてるって」

「あー……」

優《ゆう》ってば、今朝《けさ》のことを環奈《かんな》に話したんだ。ふたりが私《わたし》の知らないところで話しているのはめずらしいことじゃないのに、ちょっとだけ胸《むね》がチクリとした。

「鮫島《さめじま》はただの友だちだよ」

「え、いつの間に友だちになったの？」

「うーん、なんか流れでそうなっちゃった。あ、ほら、私《わたし》たちも早く体育館に行かないと遅刻《ちこく》にされるよ！」

私《わたし》は環奈《かんな》の背中《せなか》を押《お》して、無理やり話を終わらせた。鮫島《さめじま》のことをすすめてくる環奈《かんな》に悪気がないことはわかっていても、恋《こい》の相手をすすめられるのは少しだけきつい。

ごめん、私《わたし》は鮫島《さめじま》じゃなくて優《ゆう》がいいんだよ。でも環奈《かんな》がいる限《かぎ》りその恋《こい》が実ることはない、なんて心の中でつぶやいている自分に引いた。

「準備《じゅんび》運動するから早く並《なら》べー！」

授業《じゅぎょう》がはじまると、先生の声が体育館に響《ひび》いた。それを合図に男女別に整列して、その中には優《ゆう》がいた。さっき告白《こくはく》をされていたとは思えないほど落ち着いていて、きっといつものように『他に好きな人がいる』と伝えたんだと思う。環奈《かんな》のことを思《おも》い浮《う》かべながら断《ことわ》った姿《すがた》を想像《そうぞう》すると胸《むね》が痛《いた》む。そして同時に報《むく》われない恋《こい》のつらさを知ってるから振《ふ》られてしまった先輩《せんぱい》のことを思うと苦しくもなった。

「ねえ、アレちょっとかわいくない？」

この前、優《ゆう》のことを聞いてきた女子たちがある方向を見ながら耳打ちし合っている。気になって私《わたし》も視線《しせん》を向けると、そこには前髪《まえがみ》をちょんまげみたいに結んでいる鮫島《さめじま》がいた。

「え、鮫島《さめじま》くんってあんなにカッコよかったの⁉」

「普通《ふつう》にイケメンじゃん！」

たしかにおでこを出している分、顔がよく見える。女子たちはまるで宝物《たからもの》を見つけたように大騒《おおさわ》ぎをしていて「鮫島《さめじま》くんってＳＮＳ《エスエヌエス》とかやってるかな？　やってたらつながりたい」なんて、優《ゆう》から彼《かれ》に乗《の》り替《か》えようとしている子もいた。

みんなの切《き》り替《か》えの早さにおどろきつつ、私《わたし》も鮫島《さめじま》の顔面を観察《かんさつ》してみる。ふだん、優《ゆう》を見てるせいか他の男子をイケメンだと思ったことはないけれど、鮫島《さめじま》の顔は……整っているると思う。だからなんだという話だけど、要するに鮫島《さめじま》が騒《さわ》がれているのはちょっとおもしろくない。


準備《じゅんび》運動が終わったあと、バスケの練習試合をすることになった。チームは先生が決めて、私《わたし》は環奈《かんな》と同じ青チームに振《ふ》り分《わ》けられた。

「赤チームのほうが運動部多いから、こっちは不利だね」

環奈《かんな》はカゴの中に入れられているビブスを取っていた。

「まあ、練習試合だし」

「なんか女子たちが鮫島《さめじま》くんに注目してるけど、そもそも体育に出てること自体めずらしいよね」

環奈《かんな》の言うとおり、鮫島《さめじま》は体育になると忍者《にんじゃ》のように姿《すがた》を消す。噂《うわさ》では仮病《けびょう》を使って保《ほ》健室《けんしつ》で寝《ね》てるって聞いた。

「めずらしいけど、どうせ得点係でもやってうまくサボるつもりでしょ」

「でも得点係はちがう人みたいだよ」

彼女《かのじょ》が指さすほうには、数日前から足をケガしてる男子がいた。どうやら彼《かれ》が得点係をやるようだ。ということは鮫島《さめじま》も男子の練習試合に参加するってこと？

体を動かしてるイメージなんて、全然できない。

――ピピィィー！

体育館にホイッスルが鳴《な》り響《ひび》くと、すぐに試合が開始された。私《わたし》と環奈《かんな》はあまり役に立たず、最終的には四点差で青チームが負ける結果になった。

「いけいけ、シュートッ！」

それとは反対に隣《となり》の男子のコートが盛《も》り上《あ》がっている。試合が終わった女子たちが仕切りネットに張《は》りついて観戦していたので、私《わたし》たちも男子の試合を見ることにした。

得点ボードには三十二対三十二と同点の数字が表示《ひょうじ》されていて、ボールは今赤チームの優《ゆう》が持っている。

彼《かれ》は小学生までバスケットボールクラブに入っていた。その腕《うで》はバスケの強豪校《きょうごうこう》からスカウトがくるほどだったけれど、優《ゆう》は勉強を理由にそれらの話をけって、中学入学を機にバスケを辞《や》めてしまった。正直もったいないと思う。でも、こうしてボールをさばいている姿《すがた》を見るとバスケへの情熱《じょうねつ》は消えていないんだとわかる。そんな優《ゆう》がいるチームから得点を取ること自体すごいのに、ましてや同点なんて……。青チームを動かしているのはいったい誰《だれ》？

「ねえ、鮫島《さめじま》くんすごくない？」

「神谷《かみや》くんがボール取られるところ初めて見たかも！」

女子たちが興奮《こうふん》した声をあげている。優《ゆう》に負《ま》けず劣《おと》らず青チームで得点を決めていたのは、まさかの鮫島《さめじま》だった。

優《ゆう》がシュートを打とうとすると、鮫島《さめじま》があっさりとボールを奪《うば》い取《と》る。目で追えないほど速いドリブルで赤チームのゴールへと近づいた彼《かれ》は、軽々とミドルシュートを決めていた。

あれが鮫島《さめじま》……？

びっくりしすぎて開いた口が塞《ふさ》がらない。

「さ、鮫島《さめじま》くんってバスケが得意《とくい》だったんだね」

隣《となり》では環奈《かんな》もおどろいていた。優《ゆう》に本気の顔をさせるなんて、得意《とくい》ってレベルじゃないと思う。優《ゆう》が点を入れ返すと、すかさず鮫島《さめじま》も点を入れる。その白熱した試合はもはや練習試合とは思えないほどで、女子たちは授業《じゅぎょう》そっちのけで夢中《むちゅう》になっていた。

「鮫島《さめじま》くんって少しだけ変わってるから避《さ》けてたけど、けっこう好みかも」

「わかる！　笑うとかわいいし、今度話しかけてみちゃう？」

なんだか今日は優《ゆう》よりも鮫島《さめじま》のほうが目立っている。

たしかにいつもの鮫島《さめじま》とはちがって、カッコいいところを見せつけられているけれど、私《わたし》からしてみれば優《ゆう》のことを追《お》い詰《つ》めている鮫島《さめじま》は敵《てき》だ。よって私《わたし》は赤チームを応援《おうえん》する。

「あと二分ー！」

先生が時計を気にしながら声を出した。もうすぐ授業《じゅぎょう》のチャイムが鳴る。「このまま同点で終わるのかな？」なんて、みんなが目を離《はな》せなくなっていた。先生がホイッスルを口にくわえた。それが鳴ってしまえば試合が終わる……と、その時。再《ふたた》び優《ゆう》にパスがまわった。

「優《ゆう》、シュート！」

環奈《かんな》が大声で叫《さけ》んだ。優《ゆう》のシュート成功率《せいこうりつ》は九十パーセント超《ご》えだ。特に彼《かれ》の得意《とくい》なジャンプシュートは必ず入る。

「ゆ……」

私《わたし》も名前を呼《よ》ぼうとしたら、鮫島《さめじま》が隙《すき》を見て優《ゆう》のボールを取った。そしてそのままスリーポイントの手前からシュートを打って、ホイッスルが鳴ると同時にボールは吸《す》いこまれるようにしてゴールネットに入っていった。

＊

「ださ」

体育終わりの休み時間。私《わたし》は養護教諭《ようごきょうゆ》が不在《ふざい》の保健室《ほけんしつ》にいた。試合は鮫島《さめじま》が入れた三点によって青チームが勝った。あの見事なブザービーターで一躍《いちやく》ヒーローになるはずだった彼《かれ》は今、私《わたし》に向けて右足をつき出している。

「もっと優《やさ》しくやってよ」

「やってるよ、ほら」

「つめたっ」

私《わたし》は冷感タイプの湿布剤《しっぷざい》を鮫島《さめじま》の足首に貼《は》った。ブザービーターを決めた鮫島《さめじま》は着地に失敗して足をひねった。念のため保健室《ほけんしつ》に行くことを先生にすすめられて、なぜかつき添《そ》いに私《わたし》のことを指名してきた。

「たぶん、軽い捻挫《ねんざ》だと思うよ。安静にしてれば一週間くらいでよくなるんじゃない？」

「美和《みわ》ちゃん、養護《ようご》の先生みたい」

「小学校の時に保健係《ほけんがかり》をやってたことがあるだけだよ」

「左足も少し痛《いた》いから湿布貼《しっぷは》って？」

「ていうか手はケガしてないんだから自分で貼《は》れるでしょ」

「あ、バレた」

「バレたじゃないよ。足も大きいし自分でやって」

「俺《おれ》、足のサイズ二十九センチ」

「え、でか」

どおりで身長も他の人より高いわけだ。さっきの試合もそうだけど、もっとうまくやれば優《ゆう》みたいに人気者になれるかもしれないのに、彼《かれ》は大事なところで失敗する。まあ、そういうところが鮫島《さめじま》っぽいなと思ったりするけど。

「運動神経《しんけい》がよすぎてみんながびっくりしてたよ」

「昔から身体能力《のうりょく》はわりと高いほうだよ。でも疲《つか》れるのが嫌《いや》だから、あんまり体は動かしたくないんだ」

「ふーん」

鮫島《さめじま》の前髪《まえがみ》はまだ結ばれたままだから、顔がいつもよりよく見える。きれいに整えられた眉《まゆ》と、ニキビ跡《あと》すらない肌《はだ》。こんなにいいスペックをもっているのに、彼《かれ》は活用しようとしない。でも女子にモテまくっている鮫島《さめじま》はなんとなく気に食わないから、このままでいいと思う。

「俺《おれ》、神谷《かみや》に勝ったよ」

「見てたよ。よかったね」

「棒読《ぼうよ》みじゃん。美和《みわ》ちゃんが神谷《かみや》のことばっかり見てるから頑張《がんば》ってみたのに」

「……え？」

「うそ、うそ。体育の先生に、いい加減授業《かげんじゅぎょう》に出ないとやばいって言われたから本気出しただけ」

鮫島《さめじま》は悪ガキみたいな顔をしていた。一瞬《いっしゅん》でも動揺《どうよう》してしまった自分がバカみたいだ。

「鮫島《さめじま》ってけっこうウソつくよね」

「美和《みわ》ちゃんには言われたくないな。でも神谷《かみや》のことばっかり見てるのは本当でしょ」

だって自然と優《ゆう》の姿《すがた》を視線《しせん》で追いかけてしまう。それが癖《くせ》になっているのかもしれないけれど、いつだって目が合うのは私《わたし》の隣《となり》にいる環奈《かんな》なんだ。

「美和《みわ》ちゃんって、考えごとすると眉間《みけん》にシワ寄《よ》るよね」

「え、そ、そう？」

「でも美和《みわ》ちゃんがムスッとしてる顔、俺《おれ》はけっこう好きだよ」

「バカにしてる？」

「してない、してない。作り笑顔《えがお》より、よっぽどそっちのほうがかわいいのに」

それは鮫島《さめじま》の感覚がおかしいだけだと思う。世間一般《いっぱん》ではいつも笑っている女の子のほうがよく見える。だから私《わたし》も印象をよくするために、優《ゆう》の前では不機嫌《ふきげん》にならないように気をつけていたりする。

「とりあえず私《わたし》は教室に戻《もど》るけど、鮫島《さめじま》はどうする？　歩くのがきついなら担任《たんにん》には私《わたし》から伝えておくけど」

そう言って椅子《いす》から腰《こし》を上げたら足がもつれて、そのまま鮫島《さめじま》のほうに倒《たお》れてしまった。

「大丈夫《だいじょうぶ》？」

不可抗力《ふかこうりょく》で前のめりになった私《わたし》の体を鮫島《さめじま》が優《やさ》しく支《ささ》えてくれた。

「ご、ごめん」

すごくいいにおいがした。男子とこんな近い距離《きょり》になったのは初めてだ。

「なんか顔、赤くなってない？　もしかして顔でも打った？」

「う、打ってない、打ってないから」

「なんで逃《に》げるの？」

「鮫島《さめじま》が顔をのぞきこんでくるから……」

「友だちなんだし、いいじゃん」

「友だちっていっても数時間前からでしょ？　それに鮫島《さめじま》はなんていうか、ハプニングとかの前に距離感《きょりかん》がそもそも近い気がする」

「じゃあ、友だちの距離感《きょりかん》をこれからは気をつけてみるよ」

本当にわかってる？　って聞きたくなるほど、鮫島《さめじま》は飄々《ひょうひょう》としている。私《わたし》は勢《いきお》いでも優《ゆう》の体に触《さわ》れないから、彼《かれ》の距離《きょり》が近いのはある意味私《わたし》のことをなんとも思っていない表れだ。でもそれによって、私《わたし》は優《ゆう》に誤解《ごかい》されたくないと思っている。私《わたし》が誰《だれ》と仲良くしようと優《ゆう》の心配が恋《こい》に変わることはないというのに。

「鮫島《さめじま》だけが気をつけるのはフェアじゃないから、私《わたし》に対しても何かあったら言っていいよ」

「じゃあ、本当は楓《かえで》って呼《よ》んでほしい」

「そ、それは無理！」

「なんで？　名字よりも文字数少ないよ」

「鮫島《さめじま》は鮫島《さめじま》って感じがするから、このままでいいよ」

「でいいよ、とか、なかなかひどくない？」

「はいはい。私《わたし》はもう本当に教室に戻《もど》るからね。鮫島《さめじま》はずっとここにいてください」

「え、うそ。本当に置いてくつもり？」

足早に歩く私《わたし》のあとを鮫島《さめじま》がついてきた。足をひょこひょこと引きずっている姿《すがた》を無視《むし》できなくて、「あーもう」と肩《かた》を貸《か》す。そうしたら鮫島《さめじま》が「作戦どおり」なんて、したり顔をするもんだから、思いきり足を踏《ふ》んでやった。

「ちょ、痛《いた》い、痛《いた》い！　痛《いた》いのは本当なんだから！」

「いつまでもふざけてるからでしょ」

「だって美和《みわ》ちゃんには何かしたくなるんだよ」

「何かって何よ？」

「え、言っていいの？　中一男子が考えてるようなことだよ？」

「う……よ、よくわからないけど、どうせろくなことじゃないから言わなくていい」

ムカつくのに、気に食わないのに、からかわれすぎて心臓《しんぞう》の音だけがうるさく鳴っていた。

3 ― 激辛《げきから》バーガーと水族館

【おみやげ買ってくるから楽しみにしててね】

週末。私《わたし》は環奈《かんな》からのメッセージで目が覚めた。今日はふたりから誘《さそ》われていた水族館の日。環奈《かんな》たちに遠慮《えんりょ》して断《ことわ》ったくせに、私《わたし》はというと当然何も予定が入っていない。

……水族館いいな。きっと仲良く海の生き物を見て、館内にあるレストランでお昼ごはんを食べたりするんだろう。

「はあ……」

その姿《すがた》を思《おも》い浮《う》かべるだけで、ため息が止まらない。だったら行けばよかったじゃんと自分にツッコミつつ、きっと行ったところで同じように落ちこんでいる自分が簡単《かんたん》に想像《そうぞう》できた。

私《わたし》は気分を変えるためにコンビニへと向かう。外は清々《すがすが》しいほどの快晴《かいせい》で、絶好《ぜっこう》のデート日和《びより》だと思うと、またため息が出そうになった。

「あれ、美和《みわ》ちゃん？」

「え、なんで……!?」

コンビニの前には鮫島《さめじま》がいた。私服姿《しふくすがた》の彼《かれ》は制服《せいふく》を着崩《きくず》しているイメージのまま、ラフな格好《かっこう》だった。一見だらしなく感じる服装《ふくそう》も、鮫島《さめじま》がしていると妙《みょう》に様になって見える。

「偶然《ぐうぜん》だね！　俺《おれ》、アイス買いにきた。美和《みわ》ちゃんは？」

「私《わたし》はなんとなくヒマだったから」

「じゃあ、これから俺《おれ》と遊ぼうよ」

「やだ、私《わたし》、ビーサンだもん」

「大丈夫《だいじょうぶ》。俺《おれ》もビーサンだから」

鮫島《さめじま》が見せてきたビーチサンダルは、私《わたし》が近所用に履《は》いているものよりもすり減《へ》っていた。

「駅前のハンバーガー屋に行こうよ。期間限定《げんてい》でバカみたいな激辛《げきから》バーガーがあるらしい」

「鮫島《さめじま》って辛《から》いの平気なの？」

「めっちゃ好き。コンビニの北極《ほっきょく》ラーメン週一で食ってる」

「え、うそ、私《わたし》も！」

こんなことで鮫島《さめじま》と意気投合するとは思わなかった。

「だったら決定ね。保健室《ほけんしつ》で手当てしてくれたお礼におごらせてよ」

鮫島《さめじま》と学校以外で会っていることが不思議だったけど、激辛《げきから》バーガーを食べたい口になっていた私《わたし》はお母さんに連絡《れんらく》を入れて、そのまま彼《かれ》と合流することになった。

＊

「あーうまかった！」

ハンバーガー屋からの帰り道、私《わたし》たちは並《なら》んで歩いていた。激辛《げきから》バーガーは思っていた以上に辛《から》かったけれど、またリピートしたくなるほどおいしかった。口直しにと彼《かれ》はバニラシェイクまで買ってくれて、今飲んでいるところだ。

「今度激辛《げきから》めぐりしようよ。俺《おれ》、地獄《じごく》みたいな色したカレー屋も知ってるんだよね」

「当たり前みたいに誘《さそ》ってこないで」

「えーいいじゃん！」

鮫島《さめじま》は学校でも目立っているけれど、外だとさらに金髪《きんぱつ》がまぶしく見えた。

「神谷《かみや》と古宮《こみや》さんって、今日デートなんでしょ？」

「え、なんで知ってるの？」

「教室で話してるの何回か聞いたし」

「いつもイヤホンで音楽聴《き》いてるくせに、なんでそういう話だけ拾うかな」

「だって俺《おれ》、ここにピアス着けてるから、右耳しかイヤホン入らないんだよ」

鮫島《さめじま》が指さしたのは、トラガスという耳の顔側にある三角形の部分。たしかにいつも彼《かれ》はそこにシルバーのピアスを着けている。もちろん髪色《かみいろ》同様に先生から注意されているけれど、鮫島《さめじま》の中にはやっぱり校則《こうそく》を守るという気持ちはないみたいだ。

「そんなところに開けて痛《いた》くないの？」

「痛《いた》くはなかったけど、開ける時はすごい音がした。ホチキスで段《だん》ボールに穴《あな》を開けるみたいなバコッって感じの音」

「ひい、やめて、想像《そうぞう》しちゃったじゃん！」

「痛《いた》いのやだ？　ピアスも苦手？」

「してる人を軽蔑《けいべつ》したりしないけど、鮫島《さめじま》は開けすぎだと思うよ」

「えーもっと増《ふ》やそうとしてたけど、美和《みわ》ちゃんに嫌《きら》われたくないからやめようかな」

「べつにやめなくてもいいよ。似合《にあ》ってるし」

鮫島《さめじま》はよくも悪くも、まわりに流されない。それが変わり者だと言われてしまう理由でもあるけれど、誰《だれ》にも縛《しば》られていないところが私《わたし》からすればやっぱりうらやましい。

「鮫島《さめじま》って、自分のことが好きでしょ？」

「そういう美和《みわ》ちゃんは自分のことが嫌《きら》いだよね」

「せめて疑問《ぎもん》形で聞いてくれない？」

「はは、ごめんごめん」

彼《かれ》の言うとおり、私《わたし》は私《わたし》のことが嫌《きら》いだ。自分の気持ちを隠《かく》すことばかりがうまくなっていって、気づけば大切なふたりに平気でウソをついている。鮫島《さめじま》みたいに私《わたし》もありのままの自分でいられたらどんなに楽だろうか。でも私《わたし》にはそういう生き方ができない。優《ゆう》への想いが消せない限《かぎ》りは……どうしたって心から笑うことはできないと思っている。

「……って、あれ、ちょっと、待って」

話すことに夢中《むちゅう》で気づかなかったけれど、いつの間にか駅の前にいた。

「あ、やっと気づいたね」

「気づいたねって、なんで駅にいるの？」

「これから電車に乗ろうと思って」

「で、電車？　どこに行くの？」

「水族館」

「……え？」

「マリンパーク」

それは環奈《かんな》と優《ゆう》が遊びにいってる場所だ。この口調からして、それをわかっていて彼《かれ》は
あえて言っている。

「ふざけてる？」

「本気だよ。美和《みわ》ちゃんも水族館に行きたそうな顔してるし」

「わ、私《わたし》がいつ……」

「ずっとだよ。学校で神谷《かみや》たちが今日のことを話してる時も、コンビニの前で会った時だって、美和《みわ》ちゃんは私《わたし》も行きたいって顔してた」

なんで、なんで、鮫島《さめじま》は私《わたし》が隠《かく》したいことに気づいてしまうんだろう。

「どうせ家に帰っても美和《みわ》ちゃんはあのふたりのことを考えるだけでしょ。だったら俺《おれ》と一緒《いっしょ》に行っちゃおうよ。そしたら逃《に》げてることをひとつ減《へ》らせるかもしれないよ」

逃《に》げてることをひとつ減《へ》らす？

そんなことができるの？

「……わかった。でも私《わたし》、こんな適当《てきとう》な格好《かっこう》だよ。一旦着替《いったんきが》えてから……」

「Tシャツにデニムで十分じゃん。普通《ふつう》にかわいいよ」

だからそれは鮫島《さめじま》の感覚がおかしいんだって。環奈《かんな》はきっとものすごく着飾《きかざ》って優《ゆう》と水族館にいる。そこになんのオシャレもしてない自分が行くのは抵抗《ていこう》があるけれど、そもそも私《わたし》はかわいい洋服なんて持ってない。コンビニに行くだけの適当《てきとう》な服、みたいな言い方をしてしまったけれど、Tシャツにデニムこそが私《わたし》のふだん着だ。

たぶん、きっと鮫島《さめじま》はそれをわかってる。だからそれで十分だって、それでもかわいいよって言ってくれたのかもしれない。

「……じゃあ、うん。このまま行くよ。でも環奈《かんな》たちには用事があるって言ってあるから、鉢合《はちあ》わせしないようにして」

「うん。大丈夫《だいじょうぶ》。任《まか》せて」

「あと手持ちが……その、あんまりなくてさ」

「そんなの気にしなくていいから行くよ」

「……わっ！」

少し強引に手を引《ひ》っ張《ぱ》られた。まるで不安な気持ちを吹《ふ》き飛《と》ばしてくれているみたいに、鮫島《さめじま》は私《わたし》のことを電車に乗せてくれた。


それから三十分後。私《わたし》たちは水族館に到着《とうちゃく》した。館内は生き物ごとにゲートが分かれていて、一階は熱帯魚だった。環奈《かんな》は昔から時間をムダにしないためにまわる場所を事前に決めておく性格《せいかく》だから、おそらく入口から近い熱帯魚は最初に見たはずだ。

「魚ってこんなにいっぱいいるのに、よくぶつからないで泳げるよね」

ふたりの足跡《あしあと》をたどるように、私《わたし》たちも熱帯魚ゲートに入った。

「魚の体には側線っていう水流を感知する機能《きのう》があるから、ぶつからないで泳げるんだよ」

「なんでそんなこと知ってるの？」

「魚の豆知識《まめちしき》コーナーに書いてあった」

ほら、と鮫島《さめじま》は魚の生態《せいたい》が記されているボードを指さした。冷静にまわりを見渡《みわた》せば、休日だけあって水族館はカップルだらけだ。優《ゆう》と環奈《かんな》も彼氏彼女《かれしかのじょ》に見られてるんだろう。

「美和《みわ》ちゃん、次はイワシを見にいこうよ」

勝手に次の行き先を決めた鮫島《さめじま》に手をつかまれた。

「ちょ、距離感《きょりかん》……！」

「あ、これもダメ？」

「手なんてつなぐ必要ないでしょ」

「だって、はぐれたら困《こま》るし」

「はぐれないよ。小さい子どもじゃないんだから」

「こうしてたほうが鉢合《はちあ》わせした時に俺《おれ》に無理やり連れてこられたって言えるじゃん」

……なんだかうまく丸めこまれた気がする。鮫島《さめじま》の手は相変わらず大きくて、骨張《ほねば》っているけれど硬《かた》いわけじゃない。手の甲《こう》に浮《う》き出《で》ている血管が地図みたいで不覚にもきれいだと思った。

彼《かれ》の宣言《せんげん》どおり、私《わたし》たちはイワシの水槽《すいそう》の前にいた。青色の照明が当てられた水槽《すいそう》の中ではイワシが群《む》れになって泳いでいる。

「このイワシたちにも恋愛感情《れんあいかんじょう》があったりするのかな……？」

「魚って痛《いた》みを感じない生き物だって言われてたんだけど、最近アメリカの研究チームによって魚は痛《いた》みを感じてるって発表されたんだよ」

「そうなの？」

「うん。だから痛《いた》みを感じるってことは魚にも人間と同じで苦しむ機能《きのう》があるってことでしょ。こうやって無機質《むきしつ》な水槽《すいそう》で泳ぐことを強《し》いられてる魚にだって感情《かんじょう》はあるわけだから、当然恋愛《れんあい》もしてると俺《おれ》は思ってるよ」

ふざけた答えが返ってくると思っていたのに、鮫島《さめじま》からの返事はとても真面目《まじめ》だった。

「じゃあ、魚にも好みのタイプがいたりすると思う？」

「人間の一目惚《ひとめぼ》れみたいに、ビビビッってくるものがあったりするのかも」

「鮫島《さめじま》は来たことあるの？ そのビビビッってやつ」

「あるよ。美和《みわ》ちゃんは神谷《かみや》に来た？」

「私《わたし》は……」

来たか、来てないかで言えば、来なかった。だってそういう直感的なものが身につく前から、私《わたし》は優《ゆう》と一緒《いっしょ》にいる。この魚たちにたとえるなら、私《わたし》の水槽《すいそう》には優《ゆう》と環奈《かんな》しかいない。だから同性《どうせい》である環奈《かんな》には友情《ゆうじょう》が芽生えて、異性《いせい》である優《ゆう》には愛情《あいじょう》が芽生えた。それはある意味、必然だったように思う。

でももしも、その水槽《すいそう》の中に他の男の子がいたら？

あるいは、別の水槽《すいそう》に目を向けていたら？

こんなにも優《ゆう》への気持ちや環奈《かんな》への嫉妬《しっと》をこじらせることはなかったんだろうか。

「……私《わたし》はせまい場所にいすぎてたのかな」

ひとりごとのつもりで、小さくつぶやいた。

「だったら俺《おれ》を選べばいい」

「え？」

「俺《おれ》だったら美和《みわ》ちゃんを広い場所に連れていってあげられるよ」

ふだんおちゃらけてるくせに、あまりに真剣《しんけん》な顔で言うから、すぐに反応《はんのう》できなかった。

わかりやすく口ごもっていると、館内にアナウンスがとどろいた。

「十四時から海獣《かいじゅう》広場でイルカショーを行います。観覧《かんらん》は無料ですのでイルカたちの様々なパフォーマンスをぜひお楽しみください！」

それを聞いてまわりの人たちが広場のほうへと流れていく。

「イルカショーだって。見にいく？」

「環奈《かんな》たちもいると思うから行かないよ」

「そっか。じゃあ、すいてるうちに美和《みわ》ちゃんが見たいところに行こうよ。どこがいい？」

「じゃあ、クラゲ」

「あ、俺《おれ》もクラゲ好き」

まだ、言い終わってないのに、またぐんぐんと力強く手を引《ひ》っ張《ぱ》られた。そこで彼《かれ》からクラゲには脳《のう》がないことを聞いた。だったら魚とちがって感情《かんじょう》がないの？　って質問したら、感情《かんじょう》がなかったらこんなきれいに浮遊《ふゆう》できないって俺《おれ》は思うけど、なんて笑ってた。

感情《かんじょう》があるから、浮《う》いたり、しずんだりする。人間もそうかもしれない。


ひととおりの水槽《すいそう》を見終わって、私《わたし》たちはフードコートの椅子《いす》で休憩《きゅうけい》することにした。

「はい、どうぞ」と鮫島《さめじま》から差し出されたのは、海の色みたいなラムネのジュースだ。

「ありがとう。あ、お金……」

「いいって、いいって」

「あとでちゃんと返すから」

「美和《みわ》ちゃんは真面目《まじめ》だな。素直《すなお》におごられておけばいいんだよ」

そう言いながら鮫島《さめじま》は正面に腰《こし》かけて、私《わたし》と同じ味のジュースに口をつけた。今さらだけど、学校以外の場所で鮫島《さめじま》と一緒《いっしょ》にいるのは変な感じだ。これを遊びとカウントしていいのかわからないけれど、優《ゆう》以外の男子とふたりきりで出かけたのも初めてだったりする。

「鮫島《さめじま》って、話せば話すほどよくわからない人だよね」

「え、何それ」

「学校では一匹狼《いっぴきおおかみ》のくせにしゃべれば明るいし。スポーツが苦手そうなのに運転神経《しんけい》がよかったり、勉強だって得意《とくい》じゃなさそうなのに魚のことはよく知ってる。最初のぶつからないで泳ぐってやつも本当は豆知識《まめちしき》なんて見なくても知ってたことだったんでしょ？」

「まあね」

「得意《とくい》なことがたくさんあっていいよね」

私《わたし》には何もない。水槽《すいそう》にいる魚たちのほうがよっぽど自分の意思をもってるんじゃないかってぐらいに。

「美和《みわ》ちゃんは意地《いじ》っ張《ば》りで、自分に自信がなくて、強がることが得意《とくい》じゃん」

「そういうのは得意《とくい》って言わないんだよ」

「はは、そっか」

鮫島《さめじま》の言動に慣《な》れてきたおかげか、不思議と腹《はら》は立たなかった。そうこうしてるうちにイルカショーを観覧《かんらん》していた客が戻《もど》ってきて、その人波の中に優《ゆう》と環奈《かんな》を発見した。

「さ、鮫島《さめじま》、隠《かく》れて！」

私《わたし》はとっさに彼《かれ》を道連れにして、そばに置かれていた観葉植物のかげに身をひそめた。

「あー、ついに会っちゃったね」

ふたりがいることはわかっていたはずなのに、いざ目《ま》の当《あ》たりにすると、心臓《しんぞう》がものすごい速さで動いている。物かげからもう一度確認《かくにん》したら、ふたりはいつもより近い距離《きょり》で楽しそうな笑顔《えがお》を浮《う》かべていた。それはもう幼《おさな》なじみと呼《よ》べるものじゃなくて、誰《だれ》が見たってつき合ってるみたいな雰囲気《ふんいき》だ。

……やっぱりお似合《にあ》いだな。おたがいの『好き』がひしひしと伝わってきて、私《わたし》が入る隙《すき》なんてどこにもないことをひどく痛感《つうかん》した。

「鮫島《さめじま》、私《わたし》、やっぱりもう帰るね」

「え？」

「せっかく入館料を出してもらったのにごめん。鮫島《さめじま》はまだいてもいいよ。私《わたし》、ひとりで帰れるからさ」

「ちょっと、待って」

「本当にごめんって。でもなんか思ってた以上にダメージがありすぎちゃって……」

「じゃなくて、あれ見て」

彼《かれ》が視線《しせん》を送った先には、通路側に面したおみやげ売り場にいるふたりがいた。

「やっぱり学校で使えるものがいいかな。あ、これ芯《しん》が出るところを押《お》すとイルカの鳴き声がするんだって！」

耳をすますと、シャーペンを手にしている環奈《かんな》の声が聞こえてきた。

「かわいいけど、授業中《じゅぎょう》に使えないよ」

「そっか。だよね。うーん、何がいいか迷《まよ》うね」

「じゃあ、お菓子《かし》は？　これ数量限定《げんてい》だって」

「たしかに美和《みわ》が好きそう！　じゃあ、ひとつはそのクッキーね」

「ふたつも買っていくの？」

「当たり前だよ。美和《みわ》だって本当は水族館に来たかったはずなんだから」

「顔出しパネルも美和《みわ》とやるために撮《と》らなかったしな。次はぜったいに三人で来よう」

「えー優《ゆう》も？　私《わたし》は美和《みわ》とふたりがいい」

「俺《おれ》は仲間外れかよ？」

そこには私《わたし》の話ばかりしてる環奈《かんな》と優《ゆう》がいる。自分たちのおみやげは後回しにして私《わたし》のばっかり選んでるし、顔出しパネルだって気にしないで撮《と》ったらよかったのに。

「……っ……」

私《わたし》はぎゅっと唇《くちびる》をかむ。もっとふたりが嫌《いや》な性格《せいかく》だったらよかった。私《わたし》のことなんて忘《わす》れてふたりの時間を楽しめばいいのに、そうしてくれない。私《わたし》のことをこんなにも大切に思ってくれてるのに、私《わたし》は気持ちで裏切《うらぎ》っている。

……ごめん、ごめんね。心で何度くり返しても、罪悪感《ざいあくかん》が消えない。

「美和《みわ》ちゃんはきっと答えが見つかってないから苦しいんだよ」

鮫島《さめじま》に優《やさ》しく背中《せなか》をさすられた。

「神谷《かみや》のことをあきらめるのか、気持ちを伝えるのか。それともどっちの選択《せんたく》も取らずに幼《おさな》なじみをやめて、ふたりから離《はな》れることを選ぶのか」

彼《かれ》が提示《ていじ》した三つのことは、どれも私《わたし》が逃《に》げてきたものだ。優《ゆう》のことをあきらめられそうにないし、気持ちを伝える勇気もないし、幼《おさな》なじみをやめるという選択《せんたく》も怖《こわ》くてできない。このままじゃダメだってわかっているのに、私は気持ちの逃《に》げ場所ばかりを探《さが》している。

「現状維持《げんじょういじ》のままでもいいけど、美和《みわ》ちゃんが苦しくなるだけだよ。だから俺《おれ》は少しずつでいいから答えを見つけてほしいと思ってる」

「なんで鮫島《さめじま》がそこまで……」

「俺《おれ》は美和《みわ》ちゃんの友だちだから」

友だちって、こんなに心強い言葉だっけ。はじまりは突然《とつぜん》だったけれど、今は鮫島《さめじま》が隣《となり》にいてくれて心底よかったって思っている。

「俺《おれ》は美和《みわ》ちゃんの味方だから、どんな時でも頼《たよ》っていいよ。でもその前に今だけは我慢《がまん》しないで泣きな」

「………」

「ずっとずっと、泣きたい気持ちを抑《おさ》えてた分まで」

鮫島《さめじま》はそのまま私《わたし》の肩《かた》を引《ひ》き寄《よ》せてくれた。その瞬間《しゅんかん》、タガが外れた。私《わたし》は子どもみたいに彼《かれ》の腕《うで》の中で大泣きした。

○4 ― 恋心《こいごころ》と勇気

迎《むか》えた月曜日。朝練がある環奈《かんな》とは今日も別々に学校に行くことになり、待ち合わせ場所にはさわやかな笑顔《えがお》を浮《う》かべた優《ゆう》が立っていた。

「美和《みわ》、おはよう」

「あ、うん、おはよう」

昨日《きのう》の夜に環奈《かんな》から【おみやげは教室で渡《わた》すね～！】と連絡《れんらく》があって、私《わたし》は【楽しみにしてる】なんて白々しい返事をした。まさか私《わたし》も同じ水族館に行っていたなんて、ふたりは夢《ゆめ》にも思ってないはずだ。

「なんか少しだけ目腫《は》れてない？」

「え、そ、そう？」

私《わたし》はあのあとも鮫島《さめじま》の前で泣き続けて、涙《なみだ》が落ち着くころには優《ゆう》たちの姿《すがた》はどこにもなかった。彼《かれ》は黙《だま》って肩《かた》を貸《か》してくれただけじゃなくて、しっかり家まで送ってくれた。いつもふざけてばかりなのに、昨日《きのう》だけはただただ優《やさ》しい鮫島《さめじま》だった。

「昨日《きのう》さ……」

「え、き、昨日《きのう》？」

「けっこう夜遅《おそ》くまで起きてただろ？」

一瞬《いっしゅん》だけ水族館にいたことがバレたんじゃないかって動揺《どうよう》してしまった……。

私《わたし》たちの家は道を挟《はさ》んだ対角線上にあるため、私《わたし》の部屋がある二階は優《ゆう》の家から見える。そうなると必然的に私《わたし》の部屋からも優《ゆう》の部屋が確認《かくにん》できるわけだけど、ストーカーになりそうだから私《わたし》はあんまり見ないようにしている。

「あーうん。ちょっとだけ夜更《よふ》かししてた」

「たまたま二時くらいに外を見たら、部屋の電気がまだついてたからめずらしいと思って」

「ってことは、優《ゆう》もその時間まで起きてたってことだよね。勉強してたの？」

「いや、勉強じゃなくて、昨日《きのう》はバスケの試合を観《み》てた。それで気づいたら三時になってて、寝《ね》るタイミングをのがしたって感じ」

「え、じゃあ、一睡《いっすい》もしてないの？」

「うん。だから今日はあくびばっかり出るよ」

言ったそばから優《ゆう》はあくびをしていた。いつも完璧《かんぺき》なのにこうやってたまに無防備《むぼうび》な顔をしたりするから、私《わたし》はそのたびに心を射抜《いぬ》かれている。

「試合を観《み》てたらこの前の体育のことを思い出しちゃってさ。あんなに本気でバスケやったの久《ひさ》しぶりだったからまだ悔《くや》しいよ」

「鮫島《さめじま》？」

「うん。あいつバスケ経験者《けいけんしゃ》なのかな？　またリベンジしたいけど、しばらく体育はグラウンドなんだって」

身体能力《のうりょく》が高いと自分で言ってた鮫島《さめじま》だけど、おそらく優《ゆう》のようにバスケに打ちこんでいたわけではないと思う。それなのに優《ゆう》のことを悔《くや》しがらせるなんて……じつはすごい人なのかもしれない。

「美和《みわ》、優《ゆう》、おはよう～！」

教室に入ると、朝練終わりの環奈《かんな》が私《わたし》たちのことを待っていた。彼女《かのじょ》はさっそく、待ちきれないというような感じで、マリンパークの袋《ふくろ》を差し出してきた。

「はい、これおみやげです！」

袋《ふくろ》の中にはお菓子《かし》の箱が入っていた。おそらく数量限定《げんてい》だと言っていたクッキーだろう。

「あとはハコフグのストラップ！」

環奈《かんな》が手渡《てわた》してくれたストラップは手のひらサイズのぬいぐるみだった。体にはブルーの斑点《はんてん》もようがあしらわれていて、つき出ている口がとてもかわいかった。

「大きいぬいぐるみと迷《まよ》ったんだけど、これだったらどこにでもつけられるかなって。へへ、私《わたし》も同じの買っちゃった」

彼女《かのじょ》のカバンには色ちがいのハコフグがついていた。

「最近おそろいのものを持たなくなっちゃったし、美和《みわ》は嫌《いや》がるかなって迷《まよ》ったんだけどね……」

たしかに昔はよくおそろいのものを買っていたけれど、私《わたし》が徐々《じょじょ》に遠慮《えんりょ》するようになってからは、環奈《かんな》も察して控《ひか》えていた。それを彼女《かのじょ》がさびしく思っていたことは知っている。

「おみやげありがとう。ストラップもカバンにつけるよ」

「本当？」

環奈《かんな》がうれしそうに飛《と》び跳《は》ねた。こういう素直《すなお》なところが彼女《かのじょ》のいいところであり、親友としても好きだ。だから、この関係を壊《こわ》したくない。できれば波風立てずに大切にしたい。そう思っているのに、神様は私《わたし》の気持ちを揺《ゆ》さぶることばかりをしてくる。

「美和《みわ》、あのね。大事な報告《ほうこく》があるんだけど」

人目を気にするように、環奈《かんな》から耳打ちをされた。

嫌《いや》な予感がした。直感で聞きたくないと思った。でも、その瞬間《しゅんかん》はあっさりと訪《おとず》れてしまった。

「私《わたし》、優《ゆう》とつき合うことになったの」

＊

その日の昼休み。私《わたし》は鮫島《さめじま》に呼《よ》び出《だ》された。今日はふたりとお弁当《べんとう》を食べるのはきついと思っていたから、私《わたし》は素直《すなお》に指定された体育館へと向かった。

「あ、美和《みわ》ちゃん、こっちこっち！」

彼《かれ》はステージの上にあぐらをかいて座《すわ》っていた。

「まさか本当に来てくれるとは思わなかったよ」

「私《わたし》も用があったから」

彼《かれ》に手渡《てわた》した封筒《ふうとう》には水族館の入館料と飲み物代が入っている。鮫島《さめじま》はいいよって言ってくれたけれど、やっぱりそういうわけにもいかないし、おごられっぱなしだと私《わたし》の気が済《す》まなかった。

「返さなくてもいいのに……」

彼《かれ》はわかりやすく不満そうにしている。

「ダメ、ダメ。こういうことはちゃんとしたいの」

特に友だちならなおさらだ。私《わたし》が引かないことを悟《さと》ったみたいで、鮫島《さめじま》はしぶしぶ封筒《ふうとう》を受け取ってくれた。

「美和《みわ》ちゃんっていつもお弁当《べんとう》だよね」

「うん。お弁当《べんとう》って自分の好きなものだけ入れられるから」

「じゃあ、自分で作ってるの？」

「うちの両親、共働きだから作れる時だけ自分でやるようにしてるよ。まあ、ほとんど冷食で、作れるのは卵焼《たまごや》きぐらいだけどね」

「それでもすごいよ。俺《おれ》なんて昼はこれだけだし」と、彼《かれ》が野菜ジュースを見せてきた。

うちの学校に給食はないから、生徒たちはお弁当《べんとう》を持参するか、購買《こうばい》でおにぎりを買う。

でも鮫島《さめじま》はいつもこんな感じでまともな昼食を取っていない。

「おなかすかないの？」

「俺《おれ》的には野菜ジュースが一番安全なんだよね」

「安全？　もしかして好き嫌《きら》いが多いとか？」

「まあ、そんな感じ」

昨日《きのう》は一緒《いっしょ》にハンバーガーを食べたけれど、基本的《きほんてき》に鮫島《さめじま》は飴《あめ》や飲み物をよく口にしている。今まで気に留《と》めたりはしなかったけれど、彼《かれ》が学校で他の何かを食べているところを見たことがないかもしれない。

「苦手なものがあっても、健康のためにはいろんなものを食べたほうがいいよ」

「それって今度から美和《みわ》ちゃんが俺《おれ》の弁当《べんとう》を作ってくれるってこと？」

「え、なんでそうなるの？」

「美和《みわ》ちゃんの卵焼《たまごや》き、甘《あま》くておいしそうだな」

「あげないよ」

私《わたし》はそっぽを向いて卵焼《たまごや》きを口に放りこんだ。それを見て鮫島《さめじま》は「くれないところが美《み》和《わ》ちゃんだわ」と肩《かた》を震《ふる》わせて笑っていた。

野菜ジュースを秒で飲み終えた彼《かれ》はステージから下りて、バスケットボールで遊びはじめた。そういえば小学生の時、優《ゆう》もこうしてひんぱんに体育館でシュート練習をしていた。私《わたし》はそれを環奈《かんな》と見たりしながら、シュートが入るたびに正の字をノートに書いて記録したりしてたっけ。

「あのふたり、ついにつき合いはじめたみたいだね」

……パシュッ。鮫島《さめじま》が投げたボールはアーチを描《えが》くようにゴールネットに入った。彼氏《かれし》彼女《かのじょ》の雰囲気《ふんいき》を隠《かく》すことなく出しているふたりの変化にまわりはすぐに気づき、つき合いはじめたという噂《うわさ》はあっという間に知《し》れ渡《わた》った。それによって環奈《かんな》のことをねらっていた男子はショックを受けて、優《ゆう》のことが好きだった女子は泣いていた。けれど最後には「やっぱりそうなるよね」って、やむを得ず納得《なっとく》している人がほとんどだ。

「だから昼休みに私《わたし》のことを誘《さそ》ってくれたの？」

「初日はさすがにしんどいでしょ」

環奈《かんな》から報告《ほうこく》された時、私《わたし》は頭が真っ白になった。親友として「おめでとう」って言えたのかどうなのか記憶《きおく》が曖昧《あいまい》になっているほどだ。でも時間がたって冷静になってみると、私《わたし》も他の人たちと同じようになるべくしてなったという気持ちのほうが強くなっている。

「告白《こくはく》ってどっちから言ったのか聞いた？」

「聞いてないけど、水族館の帰りにそういう雰囲気《ふんいき》になって、流れでつき合うことになったって環奈《かんな》は言ってたけど」

「じゃあ、美和《みわ》ちゃんが先に告白《こくはく》してればワンチャンあったかもしれないってことだね」

「えっ、ないない。だって優《ゆう》は昔から環奈《かんな》のことが好きなんだよ。私《わたし》のことなんて兄妹《きょうだい》としか思ってないよ」

「でも美和《みわ》ちゃんが言ってても断《ことわ》られなかったかもしれないよ。神谷《かみや》への好意があれだけだだもれな古宮《こみや》さんのことをつき放せるはずがないみたいにさ」

「どういう意味？」

「神谷《かみや》ってほら、身内にはとことん優《やさ》しいタイプだから、古宮《こみや》さんからの気持ちに気づいて、自分も好きな気持ちを返さなきゃって思ってる可能性《かのうせい》もあるのかなって」

「優《ゆう》は……情《じょう》で人を好きになれるタイプじゃないよ」

「だから、あくまで可能性《かのうせい》の話だよ」

換気《かんき》のために開いている窓《まど》から生あたたかい風が入ってきた。鮫島《さめじま》はその中を颯爽《さっそう》とドリブルして、また楽々とシュートを決めていた。

今まで築《きず》き上《あ》げてきた幼《おさな》なじみという関係を壊《こわ》したくないと思っているのは、私《わたし》だけじゃない。

もしも鮫島《さめじま》の言うとおり、優《ゆう》が環奈《かんな》からの「好き」を優《やさ》しさで受け入れていたとしたら？

私《わたし》も優《ゆう》のことが本当は好きだって前からアピールしていたら、何か変わってた？

環奈《かんな》よりも先に気持ちを出していたら……私《わたし》も彼女《かのじょ》になれる未来があったんじゃないか

って、そんな都合がいいことを考えてしまっていた。

「……あんまり意地悪なこと言わないでよ」

「俺《おれ》はいつも美和《みわ》ちゃんのためになることしか言わないよ」

また彼《かれ》は魔法《まほう》みたいにボールを扱《あつか》う。他の生徒がいない分、鮫島《さめじま》の一挙一動の音がやけに響《ひび》いて聞こえた。

「なんでそんなにバスケがうまいの？」

「小学生の時、人数が足りないからって無理やりバスケクラブの助《すけ》っ人《と》をやらされてた時期があったんだよ」

「優《ゆう》がリベンジしたいって言ってたよ」

「なんかでっかい賭《か》けごとをするならやってあげてもいいけど」

「うわ、上から目線」

「一応《いちおう》、勝者ですから」

彼《かれ》はあの試合のように、スリーポイントシュートを決めた。体育の練習ではなく、いつかふたりの本気の試合が見てみたい、なんて鮫島《さめじま》を眺《なが》めながらそんなことを思っていた。

＊

放課後。テニス部の顧問《こもん》の事情《じじょう》で部活が休みになった環奈《かんな》をまじえて、私《わたし》たちは三人で帰っていた。ふたりは今日一日いつも以上に注目されていて、校舎《こうしゃ》を出る寸前《すんぜん》までいろいろな生徒に見られていたけれど、本人たちはあまり気にしていない様子だった。きっとある意味、人からの関心に慣《な》れているんだろう。環奈《かんな》と優《ゆう》がふだんどおりでも、私《わたし》はやっぱりどういう顔でいたらいいのかわからない。自然と歩くスピードをゆるめて、ふたりから距離《きょり》を取ろうとしたら、「美和《みわ》」と優《ゆう》に名前を呼《よ》ばれた。

「俺《おれ》たちの関係はなんにも変わらないんだから、気とかつかうなよ」

「そうだよ。私《わたし》たちは幼《おさな》なじみなんだから、これからも今までどおりだからね」

「う、うん」と返事をしたものの、ふたりの優《やさ》しさを受け取ることができない。私《わたし》たちの関係は変わらない。だって幼《おさな》なじみだから。今の私《わたし》にとってこれ以上痛《いた》い言葉はないかもしれない。

「あ、そうそう。美和《みわ》、今日うちに来ないか？」

「……へ、う、うち⁉」

「夜の七時に心霊《しんれい》番組やるんだよ。美和《みわ》ってオカルト系《けい》好きだし、久《ひさ》しぶりに俺《おれ》の部屋で観《み》ない？」

「え、で、でも……」

私《わたし》はちらりと環奈《かんな》の顔を確認《かくにん》した。いくら私《わたし》たちの関係が変わらないと言っても、優《ゆう》は環奈《かんな》の彼氏《かれし》だ。彼女《かのじょ》以外の女子が家に呼《よ》ばれて、なおかつ部屋に入るだなんて普通《ふつう》だったらありえないことだ。

「私《わたし》が美和《みわ》も誘《さそ》おうって言ったんだよ。私《わたし》は苦手だからあんまり観《み》たくないんだけどね」

……あ、なんだ、そういうことか。私《わたし》だけを誘《さそ》うなんて変だと思ったけれど、優《ゆう》から声をかけられたことがうれしくて、つい舞《ま》い上《あ》がってしまった……。

「晩《ばん》ごはんも俺《おれ》んちで食べなよ。母さんも美和《みわ》が来てくれたら喜《よろこ》ぶと思うし」

「う、うん。わかった」

勝手に勘《かん》ちがいしたことがはずかしくて、思わず首を縦《たて》に振《ふ》っていた。

それから一旦《いったん》家へと帰り、私服《しふく》に着替《きが》えてから行くことになった。……何を着ていけばいいんだろう。部屋のクローゼットには買ってから一度もはいていないスカートがハンガーにかけられてある。店員さんにすすめられて断《ことわ》りきれずに買ってしまったスカートは、女の子らしいデザインだ。環奈《かんな》みたいにこういうのを着こなせるようになれたら、もっと人生楽しいんだろうなと思う。でも残念ながら私《わたし》には似合《にあ》わない。

「お母さん。今日の晩《ばん》ごはんは優《ゆう》の家で食べることになったから」

いつもどおりのデニムを選んだあとにリビングをのぞいた。

「あら、そうなの？　環奈《かんな》ちゃんも一緒《いっしょ》？」

「うん、そうだよ」

「あ、そうだ！　優《ゆう》くんママにキムチ持っていってよ」

「え、やだ。お母さんが作ったやつでしょ？」

「そうよ。前におすそわけした時においしかったって言ってくれたの」

「あとでお母さんが持っていけばいいじゃん」

「ついでだからいいじゃない。今タッパーに詰《つ》めるから待ってて」

「ええ……」

私《わたし》は半ば強引にキムチを持たされて、しかたなしにそのまま優《ゆう》の家に向かった。

「美和《みわ》ちゃん、いらっしゃい！　久《ひさ》しぶりね。元気だった？」

出迎《でむか》えてくれたのは、中学生の息子《むすこ》がいるとは思えないほど若《わか》くて美人な優《ゆう》のママだった。

「はい。優《ゆう》ママも元気そうですね」

玄関《げんかん》にはすでに環奈《かんな》のくつがきれいにそろえられていた。ふたりの前でキムチを出すのが嫌《いや》だった私《わたし》は早々にタッパーを優《ゆう》ママに渡《わた》した。

「あのこれ、お母さんからです」

「あら、もしかして美和《みわ》ちゃんママが作ったキムチ？　ありがとうね。あとでお礼を伝えるわ」

私《わたし》もキムチは大好物だけど、好きな人の家に持っていく食べ物じゃない気がする。においもすごいし、やっぱりはずかしいと思っていると、優《ゆう》と環奈《かんな》が二階から下りてきた。

「あ、美和《みわ》、いらっしゃい」

「美和《みわ》～！」

二階には優《ゆう》の部屋がある。となると、私《わたし》が来るまでふたりは部屋にいたってことだ。私《わたし》は思春期を迎《むか》えてから優《ゆう》の家におじゃまする回数は極端《きょくたん》に減《へ》ったけれど、なんだか環奈《かんな》はリラックスしてるようにも見える。もしかして私《わたし》が知らないところで優《ゆう》の家に遊びにいくこともあったりしたんだろうか？

少しモヤモヤしつつ、私《わたし》たちは心霊《しんれい》番組がはじまる前に晩《ばん》ごはんを食べることになり、リビングに移動《いどう》した。

「今日、父さんは仕事で帰りが遅《おそ》いらしいから」

「そうなんだ。久《ひさ》しぶりに優《ゆう》パパにも会いたかったな」

「なら、昔みたいにまたひんぱんにうちに来ればいいよ」

「え、いや、でもさ……」

「あんまりよそよそしくするなよ」

いたずらっぽく優《ゆう》におでこをこづかれた。気持ちは複雑《ふくざつ》なのに、やっぱりうれしくなってる自分もいる。そんなやりとりをしている間に、優《ゆう》ママは晩《ばん》ごはんの準備《じゅんび》をはじめていた。

「あ、私《わたし》、手伝《てつだ》います！」

それにいち早く気づいた環奈《かんな》が駆《か》け寄《よ》っていく。キッチンでは優《ゆう》ママと環奈《かんな》が仲良く並《なら》んでいて、私《わたし》は完全に出遅《でおく》れてしまった。つき合うことになった報告《ほうこく》を優《ゆう》ママにしたのかはわからないけれど、環奈《かんな》の後《うし》ろ姿《すがた》はまるで優《ゆう》のお嫁《よめ》さんみたいな雰囲気《ふんいき》だった。

「美和《みわ》、これ食べていい？」

ひとりで落ちこんでいたら、優《ゆう》に肩《かた》を叩《たた》かれた。彼《かれ》が指さしていたのはテーブルに置かれたタッパーだ。

「え、中身キムチだよ？」

「うん、美和《みわ》のお母さんのだろ？　俺《おれ》、超《ちょう》好き」

そう言って優《ゆう》は爪楊枝《つまようじ》でキムチを食べてくれた。おそらく彼《かれ》は私《わたし》が持ってきづらかったことを察している。ちなみに環奈《かんな》の手みやげは宝石《ほうせき》みたいなフルーツゼリーらしい。私《わたし》も本当はゼリーがよかった。でも、こうして優《ゆう》に喜《よろこ》んでもらえたから心が救われた。……やっぱり優《ゆう》っていいな。でもこんなことを思ってはいけない。だって優《ゆう》はもう環奈《かんな》の彼氏《かれし》なんだから。

それからみんなでハンバーグを食べて、私《わたし》は手伝《てつだ》えなかった分、後片《あとかた》づけだけはさせてもらった。

「あ、そろそろ番組はじまるね」

優《ゆう》の部屋ではクッションを背《せ》にして、床《ゆか》に並《なら》んで座《すわ》った。雰囲気《ふんいき》を出すために電気をあえて消すことになり、真ん中にいる環奈《かんな》はすでに怯《おび》えている。

「ちゃんと観《み》ないと意味ないよ」

「だって怖《こわ》いんだもん。ひゃっ、出た！」

心霊映像《しんれいえいぞう》はほとんど偽物《にせもの》みたいなクオリティだったけれど、環奈《かんな》はずっと優《ゆう》の腕《うで》をつかんでいた。

思い返せば、この部屋で怖《こわ》い番組を観《み》る時は決まって環奈《かんな》は優《ゆう》の隣《となり》に座《すわ》っていた。私《わたし》も優《ゆう》にかわいく思われたい。……環奈《かんな》は自然にできていいな。うらやましいという感情《かんじょう》にさいなまれていると、私《わたし》のスマホが鳴った。

「きゃあっ……！」

それにびっくりした環奈《かんな》はまた悲鳴をあげて、優《ゆう》の背中《せなか》に隠《かく》れた。

「あ、ごめん。電話だ」

私《わたし》はスマホの画面に表示《ひょうじ》されている名前を見て、あわてて部屋から出た。

「もしもし、どうしたの？」

『あ、美和《みわ》ちゃん！』

電話は鮫島《さめじま》からだった。彼《かれ》と連絡先《れんらくさき》を交換《こうかん》したのは、今日の昼休みのこと。やりとりできたほうが便利だからと言われて普通《ふつう》にメッセージアプリのＩＤ《アイディー》を教えたけれど、まさか電話がかかってくるとは思わなかった。

『今何してた？』

「何って今優《ゆう》の家にいるんだよ」

『古宮《こみや》さんも一緒《いっしょ》？』

「うん、そう。急ぎの用事がないならあとでもいい？」

『今日返してもらったお金、十円多く入ってたよ』

「え？」

封筒《ふうとう》には入館料の千五百円とラムネジュース代の百八十円。合わせて千六百八十円をしっかり入れたはずだ。

「何度も確認《かくにん》したし、多いはずないよ」

『いや、多かったんだよ。だから今はその報告《ほうこく》の電話』

「わかった、わかった。その十円は鮫島《さめじま》にあげるから」

『ダメだよ。ちゃんと明日返す』

「用が終わったなら切るよ」

『美和《みわ》ちゃんと神谷《かみや》んちって近いの？』

「ねえ、電話切らせる気ないでしょ？」

あきれたように言うと、鮫島《さめじま》は電話越《ご》しでケラケラと笑っていた。

「さっきも言ったけど、今は優《ゆう》の家なんだよ」

『うん、わかってる』

「わかってるなら、普通《ふつう》は遠慮《えんりょ》してすぐに電話切るでしょ」

『だって美和《みわ》ちゃん、無視《むし》しないで出てくれたじゃん』

「そりゃ、急用かもしれないし」

『本当に？　ちょっとは助けられたとか思ってない？』

……なんで、なんで鮫島《さめじま》は私《わたし》の気持ちを簡単《かんたん》に見透《みす》かしてくるんだろう。たしかに私《わたし》は環奈《かんな》が優《ゆう》の隣《となり》に座《すわ》って、当たり前みたいに甘《あま》えていることに耐《た》えられなかった。そんなの親友に向ける気持ちじゃないのに、今だって胸《むね》が押《お》しつぶされてるみたいに苦しい。

「……鮫島《さめじま》は私《わたし》を応援《おうえん》してくれてるのか、そうじゃないのかどっちなの？」

『俺《おれ》は美和《みわ》ちゃんに答えを見つけてほしいだけだよ』

「でも相談に乗ってくれるって言った」

『相談には乗るけど、応援《おうえん》はしないよ。神谷《かみや》に対する恋《こい》の応援《おうえん》なんて、まっぴらごめんだね』

「何それ、いろいろと話がちがう」

『だって俺《おれ》、神谷《かみや》に美和《みわ》ちゃんのことを取られたくないし』

「そうやって適当《てきとう》なことばっかり言わないでよ」

『あれ、こう言えば女子はキュンとするんじゃないの？』

私《わたし》はもう、とため息をついた。鮫島《さめじま》と話しているといろんなことがくだらなすぎて、悩《なや》んでいることがバカらしくなってくる。

そうこうしてるうちに、優《ゆう》の部屋から環奈《かんな》の怖《こわ》がる声が聞こえなくなった。部屋のドアに耳を寄《よ》せても、物音ひとつしない。

……中のふたりはいったい何をしてるんだろう？

優《ゆう》と環奈《かんな》はもう幼《おさな》なじみじゃない。つき合っているんだから、いい感じの雰囲気《ふんいき》になっていても不思議じゃないし、部屋だって今はうす暗い状態《じょうたい》だ。

『美和《みわ》ちゃん、大丈夫《だいじょうぶ》？』

鮫島《さめじま》の声にハッと我《われ》に返った。

「あ、ご、ごめん。うん、平気平気」

『せっかく神谷《かみや》んちにいるなら、何か胸《むね》につかえてることをひとつだけでも聞いてきなよ』

「き、聞きたいこと？」

『ないの？』

「それはあるけど……」

むしろいっぱいありすぎるくらいだ。でも今日は心の準備《じゅんび》をしてないし、なにより部屋にいるふたりが何をしてるのか気になって、それどころではない。

『またあれこれと理由をつけて後回しにするの？　そんなことをくり返してたら今までと変わらないよ』

「そう、だけどさ……」

『もし頑張《がんば》れたら、何かご褒美《ほうび》あげるよ』

べつに鮫島《さめじま》からのご褒美《ほうび》なんて欲《ほ》しくないし、妙《みょう》に偉《えら》そうなのも鼻につく。だけど私《わたし》はきっともう気軽に優《ゆう》の家には来れないし、これをいい機会だと考えれば勇気を出すチャンスなのではないかと思った。

鮫島《さめじま》との電話を切ったあと、私《わたし》は部屋の前に立った。わざとらしい咳払《せきばら》いをしながら、ドアノブに手をかける。中は真っ暗でテレビも消えていた。

……ゴクリ。ふたりの名前を呼《よ》んでみようと、おそるおそる声を出そうとした瞬間《しゅんかん》――。

「……わっ!!」

本棚《ほんだな》のかげから環奈《かんな》が飛び出してきた。私《わたし》はおどろいた拍子《ひょうし》にバランスを崩《くず》して、大きく後ろにのけぞった。……あ、まずい。そのまま倒《たお》れそうになったところで、優《ゆう》に体を支《ささ》えられた。

「あぶなっ。だ、大丈夫《だいじょうぶ》か？」

「え、あ、う、うん……」

「わー美和《みわ》ごめん！　ちょっとびっくりさせようとしただけなの！」

環奈《かんな》から詳《くわ》しいことを聞くと、どうやらふたりは私《わたし》をおどろかせるために、ずっと声を出さずに隠《かく》れていたらしい。

「だから俺《おれ》はやめようって言っただろ？」

「でもちょうど怖《こわ》いテレビ観《み》てたし、びっくりさせたらおもしろいかなって思って……。美和《みわ》、本当にごめんね」

たしかに心臓《しんぞう》には悪かったけれど、どこかホッとしてる自分もいた。勝手な憶測《おくそく》を立てて、ふたりが何かしてるんじゃないかって疑《うたが》った。謝《あやま》らなきゃいけないのは、むしろ私《わたし》のほうだ。

「とりあえず電気をつけよう！　あと私《わたし》、何か飲み物もらってくる。美和《みわ》は座《すわ》ってて」

環奈《かんな》は私《わたし》に気をつかってくれたのか、急いで部屋を出ていった。

「さっきは本当に危《あぶ》なかったな。美和《みわ》が頭を打たなくてよかったよ」

「うん。助けてくれてありがとう」

「助けるも何も俺《おれ》らが悪いんだから」

優《ゆう》が申しわけなさそうに眉《まゆ》を下げた。

〝何か胸《むね》につかえてることをひとつだけでも聞いてきなよ〟

聞くなら今かもしれない。でも流れ的に不自然だし、環奈《かんな》がいないところで話を切り出したら、まるでタイミングを見計らっていたように思われる可能性《かのうせい》もある。……ああ、ダメだ。また臆病《おくびょう》な自分がじゃまをしてる。

「あ、そういえば今日の学校で美和《みわ》と環奈《かんな》のことをまちがえたよ。ほら、ふたりとも同じくらい髪《かみ》の毛《け》長いし」

優《ゆう》が長さを表すように、胸《むね》の下に手を添《そ》えた。

「美和《みわ》に話しかけたつもりだったのに、振《ふ》り向《む》いたら環奈《かんな》だった。ふたりって本当に昔から似《に》てるよな」

今では天と地ほどの差がついてしまった私《わたし》と環奈《かんな》だけど、幼《おさな》いころは周囲から双子《ふたご》と言われていたほどよく似《に》ていた。背丈《せたけ》やくつのサイズも同じだったし、親同士《どうし》が一緒《いっしょ》に買い物に行ったりしてたから、環奈《かんな》とはよく色ちがいの洋服も着ていた。大好きな環奈《かんな》と同じものを身につけられることがうれしくてたまらなかった。だけど、しだいに同じものを持っていても、環奈《かんな》と私《わたし》はちがうってことに気づきはじめた。いつだってかわいいとほめられるのは環奈《かんな》のほうで、私《わたし》は彼女《かのじょ》の引き立て役だった。だから、おそろいのものを避《さ》けるようになった。環奈《かんな》が選ばないものをあえて選ぶようにした。比《くら》べられたくなかった。勝てるはずもないから、はずかしかった。それでも私《わたし》は髪《かみ》の毛《け》だけは環奈《かんな》と同じで伸《の》ばし続けてる。優《ゆう》が髪《かみ》の長い女の子が好きだと前に言ったからだ。

「あのさ、聞きたいことがあるんだけどいい……？」

「うん。なんでも聞いていいよ」

「優《ゆう》は……環奈《かんな》のどこが好きなの？」

本当はいつから好きなのって、聞こうとした。でもその答えを聞いてしまったら、自分がいつから失恋《しつれん》していたのかはっきりしてしまう。だから怖《こわ》くて、どこが好きなのって聞いた。前に鮫島《さめじま》が言っていたように幼《おさな》なじみだから環奈《かんな》の好意をつき放すことができなかったんじゃないかって。それは好きとかじゃなくて、優《やさ》しさでつき合うことを決めたのではないかという浅はかな考えが消えなかったから、直接確《ちょくせつたし》かめたかった。

「環奈《かんな》の好きなところ？　そうだな、なんでもできるように見えて、じつは不器用なところかな」

「……そっか。じゃあ、優《ゆう》は守ってあげたくなるような子がタイプなんだね」

「いや、そういうわけでもないよ。だって小三の時に教育実習で来てた花沢《はなざわ》先生のことをいいなって思ってた時期あったし」

「え、あの先生、厳《きび》しくなかった？」

「でも俺《おれ》的にはたまに優《やさ》しくされるのがよかったんだよ。あ、この話は環奈《かんな》には内緒《ないしょ》な？」

環奈《かんな》が知らなくて、私《わたし》だけが知っていること。性格《せいかく》が悪いと言われても、これはちょっとうれしいかもしれない。

「美和《みわ》はどんな人がタイプ？」

「えっと……」

まさか優《ゆう》ですとは言えないし、勘《かん》づかれるようなヒントを出したところで得することは何もない。

「私《わたし》は好きになった人がタイプだよ」

いろんな逃《に》げ道《みち》を考えながら、無難《ぶなん》なことしか言えなかった。優《ゆう》は「そっか」と笑うだけで、それ以上深く聞いてくることはなかった。

○5 ― モテ期と弱虫

「楓《かえで》くんってどこ小出身なの～？」

「甘《あま》いもの好き？　私《わたし》、お菓子《かし》作りが趣味《しゅみ》だから今度もらってよ」

「ねえねえ、楓《かえで》くん」

翌日《よくじつ》の学校。やたらと教室が騒《さわ》がしいと思えば、女子たちが鮫島《さめじま》の机《つくえ》に集まっていた。

こ、これはいったい、どういうこと？

今まで名字で呼《よ》んでいたというのに、みんなこぞって名前を連呼《れんこ》していた。

「あ、おはよう、美和《みわ》」

異様《いよう》な光景に首をかしげていると、朝練終わりの環奈《かんな》が声をかけてくれた。

「うん、おはよう。っていうかアレは何ごと？」

「鮫島《さめじま》くんが登校してきてからずっとあんな感じだよ。なんか髪色《かみいろ》がどうのってみんなは言ってるみたいだけど」

彼《かれ》の髪《かみ》は金から茶色に変わっていて、かなり印象がちがって見えるけど……だからって急にモテはじめたりする？

「楓《かえで》くんって彼女《かのじょ》いる？　どんな女の子がタイプ？」

女子たちが機関銃《きかんじゅう》のように質問《しつもん》してる中で、鮫島《さめじま》は何を聞かれても「んー」としか答えない。普通《ふつう》だったら鼻の下を伸《の》ばしていても不思議じゃない状況《じょうきょう》なのに、彼《かれ》はいつも以上に気だるそうな顔をしていた。なんとなく違和感《いわかん》を覚えた私《わたし》は、ホームルームが終わったあとにこっそり話しかけた。

「ねえ、もしかして具合が悪いんじゃないの？」

そばで見る鮫島《さめじま》の顔色は青白くて、目も充血《じゅうけつ》していた。

「ああ、美和《みわ》ちゃん。平気だよ、元気元気」

「いや、全然平気じゃないでしょ。無理しないで保健室《ほけんしつ》に行きなよ」

「でも具合が悪いっていっても風邪《かぜ》じゃないいんだよ」

「風邪《かぜ》じゃないって……？」

「俺《おれ》のことは大丈夫《だいじょうぶ》だよ。いつもみたいに寝《ね》てればそのうち回復《かいふく》するだろうし」

一時間目は理科の授業《じゅぎょう》だから、これから教室を移動《いどう》しなければならない。今日は実験をやるみたいだから寝《ね》られるはずがないし、鮫島《さめじま》は立っているのがやっとなほど足がふらついている。

「私《わたし》に強がることが得意《とくい》って言ったこと、そのまま返すよ」

「え？」

「ほら、行くよ！」

私《わたし》は彼《かれ》の腕《うで》をつかんで引《ひ》っ張《ぱ》った。お節介《せっかい》を焼く必要なんてないかもしれないけれど、放っておくことなんてできなかった。

保健室《ほけんしつ》に着くと、養護《ようご》の先生は上級生のケガの手当てをしていた。事情《じじょう》を話すと空いているベッドを使っていいと言われたので、鮫島《さめじま》のことを横たわらせた。

「私《わたし》がかわりに来室カード書いてあげるから、体温だけは自分で測《はか》ってね」

「熱なんてないよ」

「いいから測《はか》って。頭痛《ずつう》はある？　吐《は》き気《け》とかは？」

「ないない」

「朝ごはんは食べてきた？」

「いつも食べないよ」

「食べなよ。私《わたし》なんて今日はごはん二杯《にはい》もおかわりしてきたよ」

「はは。美和《みわ》ちゃんって、けっこう食《く》いしん坊《ぼう》だよね」

「うるさい」

そんな話をしてるうちに、養護《ようご》の先生が様子を見にきてくれた。ひとまず担任《たんにん》には私《わたし》から伝えることになり、鮫島《さめじま》はこのまま一時間だけ休むことになった。

「もしかして美和《みわ》ちゃん、戻《もど》っちゃうの？」

「戻《もど》るよ。授業《じゅぎょう》出ないとただのサボりになるし」

「だったら俺《おれ》が勉強教えるよ」

「鮫島《さめじま》って成績《せいせき》よかったっけ？」

「本気を出せば神谷《かみや》より頭いいと思う」

「言っとくけど優《ゆう》の成績《せいせき》はいつも学年トップクラスだからね。ていうか普通《ふつう》に元気じゃない？」

「美和《みわ》ちゃんに優《やさ》しくしてもらったから元気になったんだよ。あ、そうそう、忘《わす》れないうちに返すね」

彼《かれ》が思い出したようにポケットから取り出したのは、昨日《きのう》電話で言っていた十円だった。

「私《わたし》がお金を入れまちがったなんてウソでしょ？」

「なんでそう思うの？」

「私《わたし》のお財布《さいふ》にはちょうど八十円しか入ってなかったんだよ。だからどう考えても多く入れられるはずがない」

「だって用事がないと美和《みわ》ちゃんに電話できないから」

いつもみたいに誤魔化《ごまか》されると思っていたのに、鮫島《さめじま》はあっさりと白状《はくじょう》した。

「話なら学校でもできるじゃん」

「でも前に注意されたでしょ。そもそも俺《おれ》の距離感《きょりかん》が近いって」

たしかに言った。でもアレは友だちになった当日だったからだ。鮫島《さめじま》は少しだけ変わってるところもあるけれど、今は信用できると思っている。

「べつに話したい時に話しかけていいよ。じゃなきゃ私《わたし》だってこんなふうに鮫島《さめじま》のことを心配したりしない」

「ありがとう。さすが俺《おれ》の友だち」

「べつに私は鮫島《さめじま》だけの友だちじゃないし」

結局、私《わたし》は理科の授業《じゅぎょう》を大幅《おおはば》に遅刻《ちこく》した。

それにしても鮫島《さめじま》の体調不良の原因《げんいん》はいったいなんだったんだろうか？

＊

「おーい。今日の日直、黒板消してないぞー！」

放課後、教室に残っている生徒に向かって担任《たんにん》が叫《さけ》んでいた。「山田《やまだ》くんは部活に行きました」なんて誰《だれ》かが報告《ほうこく》していて、ペアの女子も早々に帰ってしまったらしい。

「ったく。あいつら日誌《にっし》も出してないし」

そうため息をついたタイミングで、ふいに担任《たんにん》と目が合ってしまった。

「松永《まつなが》。悪いんだけど黒板だけ頼《たの》む」

「え、なんで私《わたし》が……」

「おまえはもう帰るだけだろ？」

「……わかりました」

こんな時、帰宅部《きたくぶ》は何かと雑用《ざつよう》を押《お》しつけられるから理不尽《りふじん》だ。ぶつぶつと文句《もんく》を言いながら黒板を消していたら、「美《み》～和《わ》♪」と後ろから抱《だ》きつかれた。

「わっ、環奈《かんな》！」

「手伝《てつだ》うよ」

「いや、いいよ。環奈《かんな》はこれから委員会でしょ？」

「じゃあ、一緒《いっしょ》に帰ろう。今日の委員会は三十分くらいで終わるみたいだし、部活も休みだから」

「お、それなら、たまにはたい焼きでも食べて帰る？」

私《わたし》たちの会話に優《ゆう》がまざってきた。三人の大好物でもあるたい焼きは駅の近くに店があって、小さいころから通っている馴染《なじ》みの場所でもある。

「いいね、行こ、行こ〜！」

それにすぐさま環奈《かんな》が反応《はんのう》した。筆記用具を持って教室から出ていくふたりを見送って、私《わたし》はまた黙々《もくもく》と黒板消しを動かした。

――『優《ゆう》くんが王子様で、環奈《かんな》ちゃんがお姫様《ひめさま》なら、美和《みわ》ちゃんはナイトだね！』

小学生のころ、誰《だれ》かにそんなことを言われたことがあった。ナイトって言葉の意味がわからなくてお母さんに聞いたらお姫様《ひめさま》の護衛《ごえい》役、つまり騎士《きし》ということを知った。

当時は私《わたし》もお姫様《ひめさま》がいいのに！　って思ったけれど、今は自分でもナイトのほうが性《しょう》に合っている。

かわいいものを身につけて、お姫様扱《ひめさまあつか》いされたいわけじゃない。

私《わたし》は……私《わたし》はナイトでもお姫様《ひめさま》みたいだって言ってくれる人がいい。

『環奈《かんな》の好きなところ？　そうだな、なんでもできるように見えて、じつは不器用なところかな』

あの時の優《ゆう》は少しだけ照れていた。ああ、やっぱり優《やさ》しさじゃなくて、本当に環奈《かんな》のことが好きなんだってわかってしまった。

優《ゆう》は私《わたし》のことを女の子として見てないし、お姫様《ひめさま》みたいに思ってくれることも、きっとこの先ないだろう。なのに、まだ恋心《こいごころ》が消えない。

私《わたし》って……本当にあきらめが悪すぎる。

「ハア……ハア……あれ、美和《みわ》ちゃんまだいたんだ」

と、そこへ、息を切らせた鮫島《さめじま》が教室に入ってきた。彼《かれ》の体調はあれからすっかりよくなって、顔色が悪かったことがウソみたいに今はいつもどおりだ。

「鮫島《さめじま》こそ、まだ残ってたんだね。誰《だれ》かと追いかけっこでもしてるの？」

「なんか今日は女子からすごく追われるんだよ。俺《おれ》、何か気に障《さわ》るようなことしたかな？」

鮫島《さめじま》にとって声をかけられる＝《イコール》好かれているという認識《にんしき》はないようだ。わりと私《わたし》の気持ちを見透《みす》かしてくるし、勘《かん》は鋭《するど》いほうだと思っていたけれど、自分のことになるとけっこう鈍《にぶ》いらしい。

「モテ期……ううん、いっそのこと制服《せいふく》をちゃんと着て、黒髪《くろかみ》で登校してみたらどう？」

「え、そうすればなんなの？　誠意《せいい》を見せろってこと？」

「ぷっ、はは！　誠意《せいい》って！」

的外れすぎて、思わず吹《ふ》き出《だ》してしまった。すると鮫島《さめじま》はおどろいたように目を丸くした。

「な、何？」

「いや、美和《みわ》ちゃんが口開けて笑ってるの初めて見たから」

「また笑い方が下手《へた》とか言うんでしょ？」

「ううん。今のはめちゃくちゃかわいかった」

不意をつかれて今度は私《わたし》のほうが目を見開いた。

「な、何それ」なんて言い返しながら、私《わたし》は鮫島《さめじま》に背《せ》を向ける。ロボットみたいに黒板消しを再開《さいかい》させていると、後ろから手が伸《の》びてきた。

「上、届《とど》かないでしょ？」

そう言って鮫島《さめじま》は一番上に書かれていた文字を消してくれた。

「あ、ありがとう……」

なぜか心臓《しんぞう》の鼓動《こどう》がうるさい。彼《かれ》にドキドキさせられているのか、それともこのシチュエーションにとまどっているだけなのか。鮫島《さめじま》の体にすっぽり埋《う》まってるせいで、背中《せなか》が熱い。息ってどうやってするんだっけ。なんでこんなことになってるの？

身動きが取れずに固まっていたら、「終わったよ」と鮫島《さめじま》が私《わたし》から離《はな》れた。

「じょ、女子に見つかる前に早く帰ったほうがいいんじゃない？」

私《わたし》はあえて素《そ》っ気《け》ない態度《たいど》を取った。まだ速いままの心臓《しんぞう》に気づかれたくなかったからだ。

「美和《みわ》ちゃんは帰らないの？」

「私《わたし》は……環奈《かんな》と優《ゆう》を待ってなくちゃいけないから」

三十分くらいで終わるって言ってたのに、ずいぶんと長引いている。たい焼きは食べたいけれど、三人で帰るのは気が重い。かと言って乗り気のふたりを無視《むし》して、先に帰ると言える雰囲気《ふんいき》でもなかった。

「美和《みわ》ちゃんはあのふたりと幼《おさな》なじみなのに、気ばっかりつかってるよね」

「幼《おさな》なじみだからだよ」

友だちは気が合わなくなったらやめることができる。でも私《わたし》たちはそうもいかない。ケンカをしてもすれちがっても、幼《おさな》なじみという関係は簡単《かんたん》には切れない。

「絆《きずな》っていうより鎖《くさり》みたいだね」

「呪《のろ》いの言葉の次はそれ？」

「美和《みわ》ちゃんは神谷《かみや》と古宮《こみや》さんが思ってる自分になろうとしてるんだよ」

「……え？」

「しっかり者で聞き分けがいい自分。古宮《こみや》さんが妹なら神谷《かみや》はお兄ちゃんで、その真ん中にいる美和《みわ》ちゃんはいつだって中立的な立場でいようとしてる。ちがう？」

たしかに私《わたし》はあのふたりの前で自分の意見は言わない。優《ゆう》が率先《そっせん》して決めてくれることに環奈《かんな》が乗っかって、私《わたし》はそれにうなずくだけ。無理をしてきたわけじゃない。そうすることで三人のバランスを保《たも》ってきたから、私《わたし》は自分なんて出さなくてもいいと思ってた。

「もっとワガママになっていいと思うよ。じゃないと新しい自分も見つからない」

「新しい……自分？」

そんなことを言われたのは初めてだ。私《わたし》は環奈《かんな》と優《ゆう》を心で裏切《うらぎ》っていても、表ではあのふたりを傷《きず》つけたくないと思ってる。でもいろんなことにとらわれて自分の気持ちを隠《かく》すことで、私《わたし》は私《わたし》のことを傷《きず》つけてきたのかもしれないって、今気づいた。

「ねえねえ、神谷《かみや》くんと古宮《こみや》さんのあの噂《うわさ》聞いた？」

するとと、廊下《ろうか》から話し声が聞こえた。

「え、何それ？」

「昨日《きのう》の夜の九時ごろ、公園で抱《だ》き合《あ》ってたって話」

「ひゃーマジで？　詳《くわ》しく！」

「塾《じゅく》帰りの子がたまたま目撃《もくげき》したらしいんだけど、神谷《かみや》くんってば古宮《こみや》さんの頭をずっとなでたりして、ラブラブだったらしいよ」

……ドクンドクン。盗《ぬす》み聞《ぎ》きしてはいけないと思っていても、声が大きすぎておのずと耳に入ってきてしまう。昨日《きのう》は八時半ごろに解散《かいさん》になって、優《ゆう》が暗くて危《あぶ》ないからと私《わたし》たちのことを家まで送ってくれた。その時は私《わたし》が先に送ってもらって環奈《かんな》はあとだったけれど、噂《うわさ》が本当ならそのあとにふたりで公園に行ったってことになる。

そこで抱《だ》き合《あ》ってた？　優《ゆう》が環奈《かんな》の頭をなでながら？

想像《そうぞう》しただけで、めまいがした。抱《だ》き合《あ》っていたことだけじゃなくて、私《わたし》を帰したあとにそういうことをしていたという事実にショックを受けていた。

やっぱり、私《わたし》はじゃま者だったんじゃないかって。だったら私《わたし》を誘《さそ》わずに環奈《かんな》だけが最初から優《ゆう》の家に行ったらよかったのに。本当はふたりがいいくせに。ふたりきりになりたいくせに、なんでわざわざ三人でいたがるの？

「美和《みわ》ちゃん、大丈夫《だいじょうぶ》？」

気づくと鮫島《さめじま》が心配そうに顔をのぞきこんできた。

「あー平気平気。わかってたことだもん」

私《わたし》は幼《おさな》なじみのままでも、環奈《かんな》と優《ゆう》は恋人《こいびと》になった。

環奈《かんな》はドラマのラブシーンで頬《ほお》を染《そ》めるほどピュアで、優《ゆう》は人目につくところではぜったいに軽率《けいそつ》なことはしないタイプだったけれど、私《わたし》が自分を出してないみたいに、あのふたりにもふたりしか知らない顔があるってだけのこと。

だから、こんなの大したことじゃない。

ただ、環奈《かんな》と優《ゆう》が少し遠くに行っただけ。

私《わたし》だけが置いていかれてるような、そんな気持ちになっただけだ。

「私《わたし》、帰るね」

逃《に》げるように机《つくえ》からカバンを取った。今、あのふたりには会えない。自分がどんな顔をして、何を言ってしまうのか制御《せいぎょ》できそうにないから怖《こわ》い。

「委員会、長引いちゃったね。美和《みわ》怒《おこ》ってるかな？」

「たい焼きの店って五時までだから急がないとな」

その時、廊下《ろうか》から環奈《かんな》たちの声がした。このタイミングで戻《もど》ってくるなんて最悪だ。どうしよう。どうしたら……。

「美和《みわ》ちゃん、こっち」

「え？」

強い力で鮫島《さめじま》に手を引かれた。彼《かれ》は教卓《きょうたく》の下に私《わたし》を押《お》しこんだあと、なぜか自分もその中に入ってきた。

「ちょ、せまい……」

「しー」

鮫島《さめじま》の人差し指が私《わたし》の唇《くちびる》に当たった。

「あれ、美和《みわ》いないね。カバンもないし、もしかして先に帰っちゃったのかな……？」

環奈《かんな》が私《わたし》のことを探《さが》している。ふたりに会いづらいとはいえ、まさかこんな展開《てんかい》になるなんて……。

「心配だし、念のため電話してみようか」

優《ゆう》の声に私《わたし》はあわててポケットからスマホを取り出した。バイブ設定《せってい》にしてるけれど、この状況《じょうきょう》で鳴ったら確実《かくじつ》に音が響《ひび》いてしまう。早くサイレントにしなければと画面をスクロールさせようとしても、指先が震《ふる》えてうまく操作《そうさ》できない。

ブーブーブー。手の中で鳴りはじめた優《ゆう》からの着信。ぜったいに見つかる……と覚悟《かくご》していたら、「ゴホン、ゴホン！」と鮫島《さめじま》がわざとらしい咳《せき》をした。

「え、さ、鮫島《さめじま》くん。なんでそんなところにいるの？」

私《わたし》を守るために教卓《きょうたく》から出た彼《かれ》は、またもや作為的《さくいてき》な伸《の》びをしている。

「あーちょっと昼寝《ひるね》。誰《だれ》にも見つからないで寝《ね》られる場所がないかなって思ってやってみた」

あきらかに苦しいウソだけど、変わり者が功を奏《そう》して疑《うたが》われることはなかった。

「鮫島《さめじま》。美和《みわ》を知らないか？」

「さあ、帰ったんじゃない？」

「美和《みわ》が私《わたし》たちに何も言わずに帰るかな……」

「でも電話にも出ないし、何か急用ができたのかも」

ふたりはあれこれと言いながら、「ひとまず帰ろう」と教室から出ていった。足音が遠ざかっていくのを確認《かくにん》して、私《わたし》はホッと胸《むね》をなで下ろした。

「美和《みわ》ちゃん、立てる？」

「あ、う、うん」

鮫島《さめじま》に手を貸《か》してもらって教卓《きょうたく》から出ると、指だけじゃなくて足も震《ふる》えていた。

「また連絡《れんらく》が来ると思うから、何か言いわけを考えておいたほうがいいかもね」

「……うん。ありがとう。助けてくれて」

「べつにお礼なんていいよ。俺《おれ》たちも時間を空けてから帰ろうか」

「そう、だね」

今だけ顔を合わせずに済《す》んでも、明日の朝にはいつもどおりの幼《おさな》なじみでいなければいけない。ちゃんと気持ちを切《き》り替《か》えたいのに、私《わたし》はずっと心ここにあらずという感じでうわの空だった。

○6 ― きみの秘密《ひみつ》と星の花

一晩《ひとばん》で気持ちの整理がつくわけもなく、次の日になってしまった。

「昨日《きのう》あれから何回か電話したんだけど、忙《いそが》しかった？」

今日も環奈《かんな》は朝練でいない。優《ゆう》とふたりきりの登校でうれしいはずなのに、まだ気分はしずんだままだった。

「え、あ、うん。ちょっとお母さんから頼《たの》みごとをされちゃって」

「そうだったんだ。美和《みわ》が黙《だま》って帰ることなんてないから心配したよ」

「ごめん、ごめん！」

「いや、謝《あやま》んなくていいよ。それより今日の寝癖《ねぐせ》すごいな。ここも跳《は》ねて――」

「……っ！」

パシッ。私《わたし》は思わず優《ゆう》の手を払《はら》ってしまった。

〝神谷《かみや》くんってば古宮《こみや》さんの頭をずっとなでたりして、ラブラブだったらしいよ〟

つき合ってるんだから、触《ふ》れたりするのは当たり前のことだ。でも私《わたし》は知りたくなかった。知らないままでいたかった。

「えっと、ちょっとびっくりしただけ！　あはは、ごめんね！」

変な空気にならないように明るく振《ふ》るまうと、優《ゆう》は安心したみたいに笑った。

「いや、俺《おれ》のほうこそ急にごめんな」

「もう私《わたし》たち、謝《あやま》ってばっかじゃん！」

「はは、たしかに」

彼《かれ》の歩くスピードに合わせて、私《わたし》も足を進める。ちゃんと顔は笑えてる。でも心は笑えてない。これが鮫島《さめじま》に言われた下手《へた》くそな笑顔《えがお》。勝手に片想《かたおも》いをこじらせて、優《ゆう》のことをつっぱねてしまうなんて最低すぎて吐《は》きそうだ。

＊

「美和《みわ》ちゃん」

午前授業《じゅぎょう》が終わって昼休み。中庭にあるケヤキに寄《よ》りかかってお弁当《べんとう》を広げていたら、鮫島《さめじま》が声をかけてきた。

「ひとりでごはん？　一緒《いっしょ》にいていい？」

まだ返事をしてないのに、彼《かれ》は私《わたし》の隣《となり》に腰《こし》を下ろした。今日も環奈《かんな》たちと食べる予定でいたけれど、先生に呼《よ》ばれてる、なんていう見《み》え透《す》いたウソをついて逃《に》げてきてしまった。

「あの噂《うわさ》、そんなにショックだったの？」

「平気……だと思ったんだけどな」

「でもつき合ってるんだから自然なことじゃない？」

「そうだよ。そうなんだよ。自分でもわかってるんだけどさ……」

「神谷《かみや》が古宮《こみや》さんじゃなくて、別の子とつき合ってたらどうだった？」

「え？」

「美和《みわ》ちゃんは神谷《かみや》の彼女《かのじょ》が古宮《こみや》さんだから苦しいんでしょ」

痛《いた》いところをつかれた気がして、何も言い返せなかった。もしも優《ゆう》が私《わたし》の知らない子とつき合っていたら、もっと早くあきらめがついた？

優《ゆう》が選んだ子ならしかたないって、彼女《かのじょ》ができてよかったねって、ちゃんと目を見て祝福できたんだろうか？

そう考えると鮫島《さめじま》の言うとおり、私《わたし》がこだわっているのは……優《ゆう》じゃなくて環奈《かんな》のほうなのかもしれない。

「私《わたし》は環奈《かんな》に勝てるところなんて何もないけど、スタートラインだけは一緒《いっしょ》だったんじゃないかって思ってるんだ」

幼稚園《ようちえん》で優《ゆう》と出会って、幼《おさな》なじみになって、初恋《はつこい》を知った。最初は同じだったはずなのに、いつの間にか追いつけないほどの差ができた。

「……環奈《かんな》のことをうらやむ前に、私《わたし》が努力しなくちゃいけなかったんだよね」

劣等感《れっとうかん》だけが立派《りっぱ》に大きくなって、嫉妬《しっと》ばかりしている自分が情《なさ》けなくて大嫌《だいきら》いだ。

「美和《みわ》ちゃんは努力を人に見せてこなかっただけでしょ。頑張《がんば》ることって目に見えるものがすべてじゃないよ」

優《ゆう》が風邪《かぜ》を引いた時、環奈《かんな》は彼《かれ》の分のノートを取って、真っ先に届《とど》けにいったことがあった。でも本当は私《わたし》も優《ゆう》のノートを取っていた。そんなことが今まで何度もあって、私《わたし》はいつも出遅《でおく》れるからなんにもしてないふりをしてた。でも、それらをなかったことにしなくていいと、誰《だれ》にも気づかれなくても、頑張《がんば》ってきたことに変わりはないって、鮫島《さめじま》がそう言ってくれてる気がした。

「……水槽《すいそう》」

「え？」

「水族館に行った時、私《わたし》の水槽《すいそう》には環奈《かんな》と優《ゆう》しかいないって思ったの。でも今は私《わたし》の水槽《すいそう》の中には鮫島《さめじま》もいるよ」

なんで突然《とつぜん》こんなことを思ったのかはわからない。でも鮫島《さめじま》がいてくれてよかったって思うことがたくさんあるから、私《わたし》にとって彼《かれ》はもうただのクラスメイトという枠《わく》には当てはまらない。

「俺《おれ》の水槽《すいそう》にはずっと前から美和《みわ》ちゃんがいるよ。宝石《ほうせき》みたいに輝《かがや》いてて、いつも一番光ってる」

「はは、本当に？」

だとしたら、鮫島《さめじま》にはきっと七色の尾《お》びれがついている。カラフルな色をまき散らして、私《わたし》の水槽《すいそう》を一際《ひときわ》派手《はで》にしていくんだ。

「お弁当《べんとう》、そろそろ食べないとホコリ入るよ？」

彼《かれ》が私《わたし》の膝《ひざ》の上にあるお弁当《べんとう》を指さした。

「鮫島《さめじま》は今日も野菜ジュースだけ？」

「うん、そうだよ」

「よかったら、食べる？」

「前はあげないよって言ったのに」

「前は前、今は今だよ」

「じゃあ、美和《みわ》ちゃんが作った卵焼《たまごや》きだけちょうだい」

今日は形がちょっとだけいびつだけど、味は大丈夫《だいじょうぶ》……なはず。

「箸《はし》使っちゃったから、手で取っていいよ」

「あーんしてくれないんだ」

「何言ってんの、するわけないでしょ」

鮫島《さめじま》はけらけらと笑いながら、卵焼《たまごや》きを口に入れた。

「少し甘《あま》すぎた？」

「ううん、おいしいよ。美和《みわ》ちゃんって料理上手だね」

大袈裟《おおげさ》だな、と思いつつ、自然に顔がほころんだ。そうこうしてるうちに昼休みが終わる時間になっていて、私《わたし》は残りのお弁当《べんとう》を急いでかきこんだ。

「そろそろ教室に行くよ」

「うーん」

「あ、さては次が英語だからサボろうとか思ってる？　ダメだよ、そういうのって癖《くせ》になるから」

「……美和《みわ》ちゃん」

「はいはい、甘《あま》える声を出したってムダだよ」

「やっぱりダメかも……」

「え、さ、鮫島《さめじま》!?」

彼《かれ》は突然《とつぜん》、私《わたし》の肩《かた》にもたれかかってきた。ふざけているんだと思いきや、鮫島《さめじま》の腕《うで》に発《はっ》疹《しん》が出ていて、それは首まで広がっている。さっきまで元気だったのに、なんで急に……？

「美和《みわ》ちゃん。俺《おれ》、じつは……」

＊

鮫島《さめじま》を保健室《ほけんしつ》に連れてくるのはこれで三回目だ。

私《わたし》は養護《ようご》の先生に教室へ戻《もど》るように言われたけれど、今はそれどころではない。

「鮫島《さめじま》くん。病院から処方《しょほう》されてるお薬とか持参してる？」

「はい、一応《いちおう》」

鮫島《さめじま》はポケットから『エピペン』と書かれた筒状《つつじょう》のものを取り出した。慣《な》れたようにキャップを外して、彼《かれ》は制服《せいふく》の上からそれを太ももに押《お》し当《あ》てた。

「ひとまず鮫島《さめじま》くんは安静にしててね。担任《たんにん》の先生には私《わたし》から伝えておくから」

養護《ようご》の先生はそう言って、すぐ職員室《しょくいんしつ》に向かった。

「鮫島《さめじま》、それ何……？」

「補助治療薬《ほじょちりょうやく》。こうして押《お》し当《あ》てると注射《ちゅうしゃ》みたいに針《はり》が出るんだよ」

「え、は、針《はり》？　痛《いた》くないの？」

「痛《いた》くないよ。まあ、俺《おれ》が痛《いた》みに強いだけかもしれないけど」

「……体、大丈夫《だいじょうぶ》？」

「うん。ほら、もうだいぶマシになった」

鮫島《さめじま》は腕《うで》を見せてくれたけれど、まだ皮膚《ひふ》には赤い斑点《はんてん》が残っている。

――『美和《みわ》ちゃん。俺《おれ》、じつは……アレルギーもちなんだ』

鮫島《さめじま》はいわゆる食物アレルギーで、特定のものを口にすると発疹《ほっしん》や頭痛《ずつう》、喉《のど》の違和感《いわかん》、ひどい時には息苦しくなったりもするそうだ。

「私《わたし》の卵焼《たまごや》きのせいだよね？　なんでダメなのに食べたりしたの？」

鮫島《さめじま》が食べられない食品を把握《はあく》してないはずがない。

「美和《みわ》ちゃんが作ったものを食べてみたかったから」

「アレルギーって触《さわ》ったりしても反応《はんのう》するんでしょ？　それを食べるなんて危険《きけん》すぎるよ」

「アレルギーの中でも卵《たまご》は比較《ひかく》的に症状《しょうじょう》が軽いんだ」

「でも……」

「俺《おれ》が自分で食べたんだから、美和《みわ》ちゃんが責任《せきにん》を感じる必要はないよ」

鮫島《さめじま》に顔色を読まれてしまった。卵《たまご》以外にもたくさん食べられないものがあるみたいで、甲殻類《こうかくるい》や魚介類《ぎょかいるい》、乳製品《にゅうせいひん》も口にできないらしい。

「だから鮫島《さめじま》はいつも野菜ジュースなんだね……」

「家ではちゃんと食べてるよ。でも外だと何が入ってるか調べるのが面倒《めんどう》なんだよ」

「もしかしてこの前の体調不良の原因《げんいん》もこれ？」

「あーそうそう。いつもとちがう野菜ジュースを飲んだら原料にセロリが入ってたみたいで頭痛《ずつう》がひどかったんだ」

何か隠《かく》してることがありそうだとは思っていたけれど、まさかこんな秘密《ひみつ》をかかえていたなんて想像《そうぞう》すらしてなかった。

「ごめん。前に食べ物の好き嫌《きら》いが多いとか言っちゃって……」

「平気だよ。そうやって言われるの慣《な》れてるしね」

「アレルギーって小さいころから？」

「そうだよ。今は少しずつ食べて治していく治療法《ちりょうほう》もあるらしいんだけど、なんせ俺《おれ》の場合は三十種類くらいダメなものがあるからね」

「前にハンバーガーを食べにいった時は大丈夫《だいじょうぶ》だったの？　あ、ほら、水族館の時も」

「大型チェーンはしっかり成分表を表示《ひょうじ》してるし、水族館は飲み物しか飲んでないから大《だい》丈夫《じょうぶ》だったよ」

私《わたし》が気づかなかっただけで、きっと鮫島《さめじま》はいろいろと注意しながら食べ物を口にしていたんだろう。

風変わりで、突飛《とっぴ》という言葉が当てはまる彼《かれ》は、あまりクラスメイトと馴《な》れ合《あ》わない。自分の世界をもってる人だから仲良くしないんだって思っていたけれど、アレルギーのことで人に気をつかわれるのが嫌《いや》だから、あえて一線を引いていたんじゃないかって思った。

「美和《みわ》ちゃんまで早退《そうたい》することなかったのに」

私《わたし》の隣《となり》には自転車を押《お》して歩く鮫島《さめじま》がいる。あのあと養護《ようご》の先生が戻《もど》ってきて、彼《かれ》は念のために午後の授業《じゅぎょう》を控《ひか》えることになった。そして私《わたし》も気分が悪いとウソをついて、なんとか早退届《そうたいとどけ》を書いてもらえた。

「やっぱり責任《せきにん》感じてるんでしょ？」

「それもあるけど、今日はもともと学校に行きたくないって思ってたし、環奈《かんな》たちともまだ気まずいからさ」

「じゃあ、俺《おれ》のおかげで少しは気がまぎれたってわけだ」

「私《わたし》のせいで体中、発疹《ほっしん》だらけだったくせに」

「うん。でも美和《みわ》ちゃんと早退《そうたい》できたからラッキーだった」

鮫島《さめじま》は犬歯を見せて無邪気《むじゃき》に笑っている。彼《かれ》がいつもこうやって前向きだから、私《わたし》はそれにずいぶんと助けられていると思う。

「鮫島《さめじま》はなんでいつも明るくいられるの？」

「俺《おれ》、小学校の時、ちょっとだけ不登校の時期があったんだ」

「え……？」

「みんなと同じように給食が食べられなくて、よくからかわれてた。それで家に引きこもってる時に、ヒマだったからサボテンを育ててたんだけど、ある日そのサボテンにちがう色の花がいくつも咲《さ》いたんだ」

「…………」

「それを見て、ああ、ひとつひとつ別の色でもいいんだって思った。それから心のモヤが取れたみたいに学校にも行けるようになって、誰《だれ》かと比《くら》べずに自分らしくいようって決めたんだよ」

鮫島《さめじま》の背筋《せすじ》があまりにピンと伸《の》びているから、思わず見惚《みと》れてしまった。——誰《だれ》かと比《くら》べずに、自分らしくいる。簡単《かんたん》なようで一番難《むずか》しいことだけど、それは私《わたし》が求めていた答えのような気がした。

「だから俺《おれ》は今の自分がすごく気に入ってる。自分以外のものになることってぜったいにできないから、認《みと》めることも大事なんだと思う。美和《みわ》ちゃんもいつかそうできるようになれるといいね」

彼《かれ》は私《わたし》にとっての道しるべ。どこにいても目立つから、きっと私《わたし》はいつでも鮫島《さめじま》のことを見つけられるだろう。

＊

その日の夜。部屋でのんびりしていたら、お母さんがドアをノックしてきた。

「美和《みわ》。優《ゆう》くんと環奈《かんな》ちゃんが来たわよ」

「えっ⁉」

何ごとかと思ってあわてて玄関《げんかん》に向かうと、ふたりが並《なら》んで立っていた。

「ど、どうしたの……？」

「美和《みわ》、今日早退《そうたい》したから大丈夫《だいじょうぶ》かなって思って……」

私《わたし》の顔を見るなり、環奈《かんな》が心配そうな声を出した。

「もしかして昨日《きのう》から体調悪かった？　思い出してみれば少しだけ様子が変だったし」

「いや、えっと……」

私《わたし》は優《ゆう》の質問《しつもん》に言葉をにごした。様子がおかしかったのは別の理由だし、早退《そうたい》も仮病《けびょう》だ。

でも環奈《かんな》はずっと私《わたし》の手を取りながら、不安そうな表情《ひょうじょう》を浮《う》かべている。

「本当に大丈夫《だいじょうぶ》だよ。心配かけちゃってごめんね」

いつもだったら事前に連絡《れんらく》してくるのに、今日はそれがなかった。きっと私《わたし》の顔を見て安心したかったのかもしれない。

どうしてふたりはこんなにも私《わたし》のことを大切にしてくれるんだろうか。環奈《かんな》と優《ゆう》が優《やさ》しすぎるから、私《わたし》はこの心苦しさをどこに向けていいのかわからない。

「あらあら、玄関《げんかん》で話してないでふたりとも上がんなさい」

と、そこへ、お母さんが声をかけてきた。

「あ、私《わたし》たちはすぐに帰ります。ね、優《ゆう》？」

「はい。美和《みわ》もしんどいだろうし、少し顔を見にきただけなので」

「もう、美和《みわ》は環奈《かんな》ちゃんと優《ゆう》くんに心配かけて！　この子ったら早退《そうたい》の理由を聞いても『おなかが、頭が』って適当《てきとう》なことばっかり言うのよ。どうせ気分的なことだったんだろうし、いつもどおり元気だから心配しないでね」

……う、お母さんにはバレちゃってる。

「あ、そうだ。ご近所さんにスイカをもらったから、ふたりとも食べていって。たしか子ども会でもらった花火も余《あま》ってたわよね。せっかくだから庭でやったらどう？」

「もう、お母さんってばしゃべりすぎだから！」

「やっぱり元気じゃないの」

「もう、もう〜っ！」

牛みたいにうなっている私《わたし》を見て、環奈《かんな》と優《ゆう》が安心したように顔を見合わせていた。


「わあ、きれい……！」

私《わたし》たちは言われたとおり庭に移動《いどう》して、花火をやることになった。環奈《かんな》はピンク色の煙《けむり》が出る手持ち花火を楽しそうにまわしている。

「はい、美和《みわ》の分」

バルコニーに腰《こし》かけていたら、優《ゆう》が花火を渡《わた》してくれた。彼《かれ》の手に握《にぎ》られた花火から火をもらうと、オレンジ色の煙《けむり》に包まれた。

「こうして三人で花火やるの久《ひさ》しぶりだよな」

数年前まで地域《ちいき》の夏祭りがあったから毎年三人で行って、その帰りに花火をやるのが恒《こう》例《れい》だった。だけど騒音《そうおん》の問題で夏祭りが開催《かいさい》されなくなってからは、おのずと花火もやらなくなった。

「昔はしょっちゅう集まれたのに、今はそれぞれ忙《いそが》しいからあんまり遊べなくなったよな」

「うん……」

「特に美和《みわ》が俺《おれ》らとの時間を作ってくれないから、本音を言えばめちゃくちゃさびしく思ってるよ」

私《わたし》は忙《いそが》しいんじゃなくて、忙《いそが》しいふりをしてるだけ。本当は昔みたいに三人でたくさん遊びたい。でも、どうしたって楽しいだけじゃなくて、苦しい気持ちもまざってしまう。

「あー、優《ゆう》だけ美和《みわ》の隣《となり》に座《すわ》ってズルい！　私《わたし》と交代して！」

「はいはい」

優《ゆう》と入《い》れ替《か》わるように環奈《かんな》が隣《となり》に寄《よ》り添《そ》ってきた。

「そんなにくっついたら暑いでしょ」

「へへ、暑くてもいいもん！」

こうやって甘《あま》えてくる環奈《かんな》は本当にかわいいけれど、小学校低学年の時に一度だけ彼女《かのじょ》が同級生の男子に食ってかかったことがあった。たしかあれは私《わたし》が履《は》いていたくつを男子がバカにしてきた時だ。ふだんの環奈《かんな》は涙《なみだ》もろくて、小さいことでもメソメソする子なのに、『美和《みわ》に謝《あやま》って！』って怒《おこ》ってくれた。私《わたし》はそんな環奈《かんな》を見て一生親友でいようと思ったし、環奈《かんな》のことだけは何がなんでも守るって決めていたのに……。

あれから五年の月日がたって、まさか環奈《かんな》に対して自分から距離《きょり》を取るようになるなんて夢《ゆめ》にも思ってなかった。

「ねえ、美和《みわ》。もしも悩《なや》みがあるなら相談してね」

お母さんが切ってくれたスイカを食べながら、環奈《かんな》は真面目《まじめ》な声で言った。

「最近、考えごとをしてることも多いみたいだし、私《わたし》じゃあまり役に立てないかもしれないけど……美和《みわ》の力になれるならなんでもするから」

それを聞いて、ぐっと手を握《にぎ》りしめた。こんなにも大切に思ってくれる親友を気持ちで裏切《うらぎ》っている私《わたし》は……なんて最低な人間なんだろう。

「環奈《かんな》は本当の私《わたし》を知らないんだよ」

「本当の美和《みわ》って？」

「……私《わたし》は環奈《かんな》が思ってるような人じゃない。心では嫌《いや》なことも平気で言うし、環奈《かんな》に隠《かく》してることだって、いっぱいいいっぱいあるんだよ」

「それでもいいよ」

「いいわけない。だって私《わたし》は……っ」

「どんな美和《みわ》でも大切なことに変わりはないから」

「なんで……なんでそんなに私《わたし》のことを好きでいてくれるの？」

「好きじゃないよ。大好きなの」

環奈《かんな》はそう言って、私《わたし》の肩《かた》に頭を預《あず》けてきた。彼女《かのじょ》の気持ちと体温が同時に伝わってきて、私《わたし》は強く唇《くちびる》をかむ。

ねえ、私《わたし》がいなくなっちゃったらどうするの？

そんなことを言いそうになって、言葉を喉《のど》の奥《おく》へと追いやった。

私《わたし》は自分の気持ちにけじめをつけなければいけない。

それは優《ゆう》に告白《こくはく》するのか、それともふたりと距離《きょり》を取るかの二択《たく》しかないと思ってる。

私《わたし》が優《ゆう》に好きだと言ったら、環奈《かんな》とも今の関係ではいられない。だからどっちの選択《せんたく》をしても、私《わたし》は幼《おさな》なじみを壊《こわ》すことになるだろう。

「最後に打ち上げ花火しよう！」
優《ゆう》が私《わたし》たちに向かって叫《さけ》んでいる。ジリジリと進んでいく導火線《どうかせん》の炎《ほのお》。優《ゆう》がこっちに走ってきて、三人の影《かげ》がきれいに重なった瞬間《しゅんかん》——夜空に美しい星の花が咲《さ》いた。
二度と訪《おとず》れないかもしれない幼《おさな》なじみの夏。
静かに落ちていく花火は、まるで私《わたし》の心みたいだった。

07 ― いちごみるくと胸《むね》の鼓動《こどう》

七月になると、連日暑い日が続くようになった。エアコンがない教室は蒸《む》し風呂状態《ぶろじょうたい》で、窓《まど》を全開にしていても風ひとつ入ってこない。

一時間目の授業《じゅぎょう》が終わり、クラスメイトたちはすぐにハンディファンを顔に当てはじめた。私《わたし》も最近手に入れた充電式《じゅうでんしき》のミニ扇風機《せんぷうき》をフル稼働《かどう》させていたら、担任《たんにん》がみんなに向かって声を飛ばした。

「朝のホームルームで言い忘《わす》れたけど、今日から一週間の日直は鮫島《さめじま》にやってもらうからな！」

「え！　なんで俺《おれ》？」

鮫島《さめじま》が目を丸くさせながら、自分のことを指さしている。

「おまえはノートも出さない、宿題もやらない。挙《あ》げ句《く》の果《は》てには授業中《じゅぎょうちゅう》ずっと寝《ね》てる。

テストがいくら平均《へいきん》以上でも生活態度《たいど》は内申点《ないしんてん》に大きく響《ひび》くんだぞ」

「だからって、なんで日直？」

「日ごろのペナルティだよ」

「えー」

鮫島《さめじま》の不満そうな顔に、女子たちが「かわいい～」と黄色い声を出している。彼《かれ》のモテ期はある程度《ていど》、落ち着いてきたとはいえ、今でも鮫島《さめじま》のファンは一定数いるみたいだ。

「ねえ、美和《みわ》ちゃん」

休み時間。環奈《かんな》と飲み物を買いに自動販売機《じどうはんばいき》に行こうとしたところ、後ろから鮫島《さめじま》に肩《かた》を叩《たた》かれた。

「この資料《しりょう》を視聴覚室《しちょうかくしつ》に運べって言われたんだけど、美和《みわ》ちゃんも一緒《いっしょ》に来てよ」

「そんなに重そうじゃないし、ひとりで持っていけるでしょ？」

「持つほうじゃなくて場所！　視聴覚室《しちょうかくしつ》ってどこにあるんだっけ」

「もう、なんで知らないの？」

渡《わた》り廊下《ろうか》を渡《わた》って、南棟《みなみとう》の一番端《はし》だと説明しても、彼《かれ》はわからないと言《い》い張《は》っている。ついには環奈《かんな》からも「美和《みわ》の飲み物は買ってきてあげるから、一緒《いっしょ》に行ってあげなよ」と言われてしまい、私《わたし》はしぶしぶ同行することになった。

「わ、何ここ、めっちゃ広い！」

視聴覚室《しちょうかく》に着くなり、鮫島《さめじま》が興奮《こうふん》したような声をあげた。ここには大きなスクリーンがあって、プロジェクターを使った授業《じゅぎょう》が行われるから、まるで映画館《えいがかん》みたいな部屋の造《つく》りになっている。

「前にここで地球の歴史《れきし》っていうビデオ見たじゃん」

「え、そうなの？　たぶん俺《おれ》、つまんなそうだと思ってサボったかもしれない」

「だからこうやって一週間の雑用《ざつよう》を押《お》しつけられるんだよ」

「はは、たしかに」

「じゃあ、用事も終わったし、早く教室に戻《もど》るよ」

「ダメ。あともう少し」

鮫島《さめじま》に止められた。その意地悪そうな顔を見て、本当は視聴覚室《しちょうかく》の場所を知っていたのに、わざとわからないふりをしていたんじゃないかって思った。

「あのね、鮫島《さめじま》に合わせてたら来週は私《わたし》が日直をやらされることになるよ」

「そうしたら一緒《いっしょ》にやればいいじゃん」

「やだよ。鮫島《さめじま》と一緒《いっしょ》にやったって、私《わたし》に任《まか》せっきりで何もしてくれなそうだし」

「一緒《いっしょ》にやることはいいんだ？」

「まあ、それはべつにいいよ」って答えたら、鮫島《さめじま》はうれしそうな顔をした。

最初のころは、彼《かれ》に対しての苦手意識《いしき》もあったけれど、今ではずいぶんと心を開いていると思う。

「髪《かみ》の毛《け》、また明るくなったね」

少し前まで落ち着いた色をしていたのに、また出会った時みたいな金髪《きんぱつ》になっていた。

「単に色落ちしただけだよ」

「よくそんなにきれいに染《そ》まるよね。自分でやるの？」

「うん。家が店やってるからヘアカラー剤《ざい》は実質《じっしつ》タダ」

「えっ、鮫島《さめじま》んちって美容室《びようしつ》なの⁉」

「ただの小さい床屋《とこや》だよ」

なんと鮫島《さめじま》は染《そ》めるだけじゃなくて、髪《かみ》を自分で切ったりもするそうだ。私《わたし》も自分で前《まえ》髪《がみ》を切るけれど、ほとんど失敗する。それに比《くら》べて彼《かれ》の髪《かみ》はまるでプロが切ったみたいにうまい。

「美和《みわ》ちゃんは髪《かみ》の毛《け》、短くしたことないの？」

「ないよ。丸顔だし似合《にあ》わないから」

「そんなことないと思うけどな」

ロングヘアーをキープしているのは、やっぱり優《ゆう》の好みに少しでも近づきたいという気持ちがあるからだと思う。この髪《かみ》の毛《け》は言うなれば、優《ゆう》に片想《かたおも》いをしてきた時間だ。

「もしかして神谷《かみや》のために伸《の》ばしてる？」

「え、わ、私《わたし》、今声に出してた？」

「ううん。でもそんな顔してた」

彼《かれ》は心を見透《みす》かすだけではなく、顔色を読むことにも長《た》けている。いや、私《わたし》が単純《たんじゅん》にわかりやすいだけかもしれない。優《ゆう》と環奈《かんな》の前では気をつけていても、鮫島《さめじま》の前だとついつい気がゆるんでしまうから。

「そういえば聞いたことなかったけど、鮫島《さめじま》は恋《こい》したことあるの？」

「あるよ」

「えっ、あるの……!?」

「聞いてきたのは美和《みわ》ちゃんなのに、そんなにおどろく？」

「いや、ごめん。鮫島《さめじま》はクラスの女子から声をかけられても素《そ》っ気《け》なくしてるから、あんまり恋愛《れんあい》に興味《きょうみ》がないのかなって勝手に思っちゃってた」

「まあ、たしかにクラスメイトの女子には興味《きょうみ》ないかな」

「じゃあ、好きな人は他のクラス？　あ、別の学校とか？」

「その人を好きになったのは中学に入る前だよ」

……じゃあ、同じ小学校の人なのかな。だとしたら、私《わたし》と同じように前から好きな人がいたってことになる。そんなの全然、知らなかったな。どんな子なんだろう……？

「そんなに、気になる？」

射《い》るような瞳《ひとみ》で聞かれてドキッとした。気になるかと言われれば、そりゃ気になる。相手が誰《だれ》なのかというよりは、鮫島《さめじま》がどんな子を好きになるのか、まったく想像《そうぞう》ができないから。

「好きな人がいるなら、協力してあげようか？」

「なんで？」

「だっていろいろと鮫島《さめじま》には助けられてるし……」

「遠慮《えんりょ》しとくよ。好きな子のことは自分の力で振《ふ》り向《む》かせたいんだ」

迷《まよ》いなく言われたその言葉に、少しだけ胸《むね》がざわついた。私《わたし》のことを励《はげ》ましたり慰《なぐさ》めたりしてる時も、心には好きな人がいたんだ。最初から教えてくれたら迷惑《めいわく》かけなかったのに。自分の力で振《ふ》り向《む》かせたいなんて、鮫島《さめじま》のくせにカッコいいと思った。

＊

その日の昼休み、私《わたし》は環奈《かんな》と教室でお弁当《べんとう》を食べていた。いつもニコニコしてる彼女《かのじょ》の顔はずっと暗いままで、箸《はし》も進んでいない。

「そんなに気にしなくても大丈夫《だいじょうぶ》だよ」

「うん。わかってるんだけど……」

じつはさっきまで優《ゆう》も一緒《いっしょ》にごはんを食べていたけれど、そこへ隣《となり》のクラスの女子がやってきた。環奈《かんな》が目の前にいるのに『大事な話がある』と言って、優《ゆう》のことを連れていってしまったのだ。おそらくこれは環奈《かんな》に対しての宣戦布告《せんせんふこく》だ。彼女《かのじょ》がいても自分は全然気にしてませんというように優《ゆう》を呼《よ》び出《だ》した女の子はある意味、鉄の心臓《しんぞう》をもっていると思う。

「いくら相手が強気でも優《ゆう》はなびいたりしないよ」

「でもね、昨日《きのう》も下駄箱《げたばこ》にラブレターが入ってたの。優《ゆう》は私《わたし》に気をつかってその場では読まなかったんだけど……」

「呼《よ》び出《だ》しに、ラブレター。モテるのも大変だね」

「何度も同じ子からもらうこともあるみたいで……。たぶん、さっきの女の子も簡単《かんたん》には優《ゆう》のことをあきらめたりしないと思う」

「まあ、優《ゆう》は『しつこい』って言えるタイプじゃないしね」

「私《わたし》、いつも不安で不安で……」

ふたりがお似合《にあ》いだからと身を引く人もいれば、こうやって優《ゆう》に想いを伝え続ける人もいる。きっと環奈《かんな》の自信のなさを悟《さと》って、彼女《かのじょ》の椅子《いす》を奪《うば》えるんじゃないかと思われているからだ。

「さっきも言ったけど、優《ゆう》は環奈《かんな》以外の子になびかないから平気だよ」

「うん。でもね……」

何をそんなに不安に思うことがあるんだろう。優《ゆう》は環奈《かんな》のことを大事にしてるし、それは視線《しせん》や行動に表れている。

「……つき合えてるだけで幸せなのにな」

ふいに本音を言ってしまって、あわてて口を閉《と》じた。おそるおそる環奈《かんな》のことを見たけれど、深い意味には捉《とら》えなかったみたいで「うん、そうだよね」という返事が返ってきた。

……今、かなり危《あぶ》なかった。前はどんなことがあっても笑っていられたのに、こんなふうに環奈《かんな》に向けて嫌味《いやみ》を言ってしまうなんて。

「美和《みわ》は最近、鮫島《さめじま》くんといい感じだよね」

「もう、また鮫島《さめじま》？　ただの友だちだよ」

「ほら、さっきも一緒《いっしょ》に視聴覚室《しちょうかく》に行ってたし」

「それは環奈《かんな》が行けって言ったからじゃん」

「そうだけど、前に優《ゆう》の家で美和《みわ》に電話をかけてきた相手って鮫島《さめじま》くんでしょ？」

「あー、まあ、それは、うん」

「お昼ごはんだってたまに一緒《いっしょ》に食べてること、本当は知ってるよ？　美和《みわ》は気づいてないかもしれないけど、鮫島《さめじま》くんといる時の美和《みわ》はいつも飾《かざ》ってなくてかわいいんだよ」

「いやいや……」

「たまに優《ゆう》とも美和《みわ》にも彼氏《かれし》ができたらいいねって話すんだ。私的《わたしてき》にも美和《みわ》は鮫島《さめじま》くんとお似合《にあ》い……」

「いい加減《かげん》にしてよ！」

我慢《がまん》できずに、声を荒《あら》らげてしまった。

環奈《かんな》はことあるごとに、恋愛《れんあい》を押《お》しつけてくる。

私《わたし》がどんな気持ちでいるか知らないで、彼氏《かれし》ができたらいいねって言う。

自分が好きな人とつき合えてるからって、平気で鮫島《さめじま》のことをすすめてくる。

なんで、なんで、そんなことを私《わたし》に言ってくるの？

「あ、えっと、ご、ごめん……」

環奈《かんな》はすぐに謝《あやま》ってきた。でも私《わたし》は感情《かんじょう》を抑《おさ》えられず、そのまま教室を飛び出した。


環奈《かんな》とケンカをしたことは今までもある。

私《わたし》が自由研究で飼《か》っていた蝶《ちょう》を彼女《かのじょ》が誤《あやま》って逃《に》がしてしまった時。やりたくないって何度も言ったのに、運動会のリレーの選手に私《わたし》のことを推薦《すいせん》してきた時。原因《げんいん》はいつも環奈《かんな》の不注意や無自覚のお節介《せっかい》だったけれど、そこには必ず理由があった。でもさっきのはちがう。私《わたし》が一方的に環奈《かんな》に対していらだった。

悪気がないのはわかっているのに、余裕《よゆう》がなくて逃《に》げてきてしまった。ちゃんと謝《あやま》らなきゃ。大きな声を出してごめんって。環奈《かんな》じゃなくて私《わたし》が悪いんだよって言わなきゃいけないのに……今は教室に戻《もど》れそうにない。

「……はあ、もう」

ひとけのない非常階段《ひじょうかいだん》に着いて、その場でしゃがみこんだ。もしも心に容量《ようりょう》があってそれを水でたとえるなら、きっと今の私《わたし》は水面張力《ちょうりょく》ギリギリだ。いや、もしかしたらもうあふれてしまっている可能性《かのうせい》もある。

「美和《みわ》ちゃん」

「わっ……！」

誰《だれ》かに声をかけられて飛び上がった。振《ふ》り向《む》くと、そこには鮫島《さめじま》が立っていた。

「ちょっと心配で追いかけてきた」

「だからって気配を消してこないでよ」

「ごめん、ごめん」

鮫島《さめじま》も教室にいたから、おそらく環奈《かんな》との会話はある程度《ていど》聞こえていただろう。

「話、聞こえてた……？」

「いや、いい加減《かげん》にしてって美和《みわ》ちゃんが怒《おこ》ったところしか聞こえなかったよ」

それならよかったとホッとした。鮫島《さめじま》には好きな人がいるのに、あんな話を勝手にされたらいい気はしないと思うから。

「これあげるよ。古宮《こみや》さんと仲直りするための飴《あめ》」

「頭が良くなる飴《あめ》って書いてあるけど」

「気にしない、気にしない。これを食べると勇気が出るから」

「はは、そうなんだ。ありがとう。何味だろう？」

「いちごみるく」

「うわ、甘《あま》そう」

ふだん、甘《あま》ったるい飴《あめ》はなめないし、どちらかと言えば苦手だけど、糖分《とうぶん》を体に入れればいらだちも収《おさ》まる気がして口に入れた。右から左へと飴《あめ》を転がすと、ほっぺたの内側が全部いちごみるくの味になった。

「……あれ、またアレルギー出てない？」

彼《かれ》の腕《うで》を見ると、赤い発疹《ほっしん》がいくつか確認《かくにん》できる。

「昼休みがはじまる前に女子からクッキーをもらったんだ。調理実習で作ったらしいんだけど、すぐに食べて！　って無理やり口に放りこまれちゃって……」

「そういう時はちゃんと断《ことわ》ったほうがいいよ。鮫島《さめじま》の場合は命に関わることだってあるかもしれないし」

「うん。だからさすがに今回は言ったよ。手作りのものは基本的《きほんてき》に無理だって。そしたらすごい顔されたんだけど、何かまずいこと言ったかな？」

「あー……」

鮫島《さめじま》以外にも人が作ったものが苦手な人もいるけれど、はっきりと手作りが無理って言われたら衛生面《えいせいめん》を指摘《してき》されてる気分になって、私《わたし》でも落ちこむだろう。特に好意がある人から言われたら、軽く一週間は引きずってしまうと思う。

「たぶんもう話しかけてこなそうだけど、まあ、それはそれでいいかなって」

鮫島《さめじま》は開き直っているというより、最初から誰《だれ》とも仲良くする気がないように見える。

「今さらだけど、鮫島《さめじま》はなんであの時に私《わたし》と友だちになりたいって言ったの？」

「本当に今さらだね」

「いや、そうなんだけど。なんていうか鮫島《さめじま》ってひとりのほうが楽って思ってそうだから、なおさら私《わたし》とあんな形で友だちになるのは変だなって」

優《ゆう》への片想《かたおも》いに勘《かん》づかれたとはいえ、こんなにも親身になって私《わたし》を気にかけてくれる理由にはつながらない。

「中学入学前に学校説明会があったの覚えてる？」

「保護者同伴《ほごしゃどうはん》で体育館に集められたやつでしょ」

「そうそう。その日、親がどうしても参加できなくて俺《おれ》だけで説明会に行ったんだけど、その時から髪色《かみいろ》が派手《はで》だったからなんか後ろ指ばっかり指されちゃって」

「うん」

「その時にひとりの女の子がここ空いてますよって隣《となり》の席に俺《おれ》を座《すわ》らせてくれたんだ。それが美和《みわ》ちゃん」

「ええっ!?」

そんなこともあったような気がするけど、正確《せいかく》にはあんまり覚えていない。

「俺《おれ》、うれしくてうれしくて、その子と同じクラスになれたらいいなって思ってた。それで念願叶《かな》ってクラスメイトになれたけど、美和《みわ》ちゃんはいつも神谷《かみや》と古宮《こみや》さんに気ばっかりつかってて、三人が幼《おさな》なじみだってことも同時に知ったんだ」

それで鮫島《さめじま》はあの日、私《わたし》が優《ゆう》の隣《となり》に書かれた環奈《かんな》の名前を消してるところを目撃《もくげき》したらしい。その時は妙《みょう》に馴《な》れ馴《な》れしくて彼《かれ》の距離感《きょりかん》が気になったけれど、ひそかに私《わたし》のことを気にしてくれていたなら納得《なっとく》もいく。

「あんなの、ほっとけるわけないよ。だって美和《みわ》ちゃんが先に俺《おれ》のことを助けてくれたんだよ。だから今度は俺《おれ》が美和《みわ》ちゃんの力になりたいって思ったんだ」

……鮫島《さめじま》がそこまで私《わたし》のことを考えてくれていたなんて知らなかった。

「ありがとう。全部、私《わたし》のためだったんだね」

「ちがうよ。今までしてきたことは全部自分のため。俺《おれ》が美和《みわ》ちゃんと話したかったし、仲良くなりたかったんだよ」

「それ、私《わたし》じゃなくて好きな人に言いなよ」

「あれ、ちょっとは気にしてくれてた？」

「ちょっとじゃなくて、だいぶ気になってるよ」

でもきっと、その好きな人の名前は教えてもらえない。無理やり聞きたいとは思わないけれど、もしも鮫島《さめじま》の恋《こい》が成就《じょうじゅ》したら、こんなふうにふたりきりで話すこともなくなるんだろうか。ワガママかもしれないけれど、それはかなりさびしい気がした。

「俺《おれ》の好きな人、教えてあげてもいいよ」

「え？」

「そのかわりに……」

鮫島《さめじま》が近づいてきて、そのまま私の耳元でささやいた。

「早く、神谷《かみや》のことを忘《わす》れて俺《おれ》だけを見て」

ドクン、ドクン、ドクン。何が起きてるのかわからなくて、瞬《まばた》きをくり返す。びっくりして固まっていると、鮫島《さめじま》がゆっくりと私《わたし》から離《はな》れた。

「って、言ったらどうする？」

「え、は、はい？」

「はは、美和《みわ》ちゃんの耳真《ま》っ赤《か》！　こういうのに弱いんだね。覚えとこ」

「ちょっと一回殴《なぐ》らせて」

「痛《いた》いから、嫌《いや》だ」

「本当に一回殴《なぐ》んないと気が済《す》まない」

「ごめんって！」

逃《に》げる鮫島《さめじま》を私《わたし》は追いかける。ぐるぐると同じところをまわっているうちにバカらしくなって、最後にはいつもみたいに「もう！」って怒《おこ》っていた。

からかわれたことには本気でムカついたけれど、それ以上にドキドキしてしまった心臓《しんぞう》にとまどっている。

私《わたし》が好きなのは優《ゆう》なのに、鮫島《さめじま》にも好きな人がいるのに……。

なんでいつまでたっても体が熱いままなんだろう？

8 ― 秘《ひ》めた気持ちと涙《なみだ》の夜

それから数日が過《す》ぎても、私《わたし》は環奈《かんな》と仲直りできずにいた。そのことは優《ゆう》にも心配されているけれど、私《わたし》が怒鳴《どな》ってしまった経緯《けいい》については環奈《かんな》から聞かされていないみたいだ。

「ああ、どうしよう。もう三日目だよ……」

私《わたし》は枕《まくら》に顔を埋《うず》めながら、ベッドの上でもだえていた。

今日の学校でも環奈《かんな》は私《わたし》に話しかけようとしてくれたけれど、うまく会話できる自信がなくて避《さ》けてしまった。また感情《かんじょう》のコントロールを失って声を大きくしてしまうかもしれないと思ったら、怖《こわ》くて近づく勇気がもてない……。

ブーブーブーブー。

と、その時、そばにあったスマホが鳴った。すぐさま画面を確認《かくにん》すると、それは環奈《かんな》からの着信だった。

……え、な、なんで？

時間は夜の九時。環奈《かんな》からの電話はめずらしいことじゃないけれど、こんなに遅《おそ》い時間は初めてだ。……どうしよう。出たくないな。また臆病《おくびょう》な自分が顔を出して逃《に》げることも考えたけれど、環奈《かんな》がこの時間に電話をかけてくるなんて、よっぽどのことだ。私《わたし》はそれだけ彼女《かのじょ》を悩《なや》ませてしまっている。

「……はい」

意を決して電話に出ると、スマホの向こう側から環奈《かんな》のか細い声が聞こえた。

『美和《みわ》。こんな時間にごめんね』

「ううん、平気」

『まだ怒《おこ》ってるよね？』

「環奈《かんな》が悪いんじゃないよ。私《わたし》が勝手に八つ当たりしただけだから」

そう伝えると、しばらく沈黙《ちんもく》になった。きっと環奈《かんな》も言葉を探《さが》している。長い長い無言が続いたあと、突然《とつぜん》車のクラクションが鳴った。それは環奈《かんな》側からの音だった。

「え、今どこにいるの？」

『外だよ』

「こんな時間にひとりで？」

『うん、ちょっと散歩してて……』

怖《こわ》がりな環奈《かんな》が夜に散歩をするなんてありえない。優《ゆう》が一緒《いっしょ》にいる気配はないし、私《わたし》と電話をするため？　いや、それにしては少しだけ様子がおかしい。

「何かあったの？」

『えっと、ちょっと家にいたくないことがあってね……』

「今、どこ？」

『え、だから外に……』

「そうじゃなくて、詳《くわ》しい場所を教えて！」

気づくと私《わたし》は部屋着のまま、家を飛び出していた。

＊

彼女《かのじょ》はひとけがないバス停のベンチに座《すわ》っていた。通学路に指定されていないこの場所はめったに使わない道であり、私《わたし》もほとんど通らないところだ。

「ハア……ハア、環奈《かんな》」

「美和《みわ》、来てくれたの？」

「だって、ひとりじゃ危《あぶ》ないし」

呼吸《こきゅう》を整えるために、私《わたし》は環奈《かんな》の隣《となり》に腰《こし》を下ろした。すでに最終のバスが行ってしまったあとなので、あたりは静寂《せいじゃく》に包まれている。

「家にいたくないって、何かあったの？」

「…………」

「もしかして親とケンカでもした？」

「ううん。ケンカしてるのは私《わたし》じゃなくてお母さんたちのほうで……」

「えっ!?」

環奈《かんな》の家族とは私《わたし》も交流があり、昔はよく家に遊びにいかせてもらった。お母さんは料理上手で、お父さんは優《やさ》しくて、ふたりは絵に描《か》いたように仲がよかったはずだ。

「ケンカは今日に限《かぎ》ったことじゃないんだ。前からケンカばっかりしてて、わりと冷めきってるっていうか、家の中の関係はけっこうぐちゃぐちゃなんだ」

「そ、そうだったの？」

「うん。近所の人たちの目があるから表面では仲いいふりをしてたけど、そろそろ限界《げんかい》みたいで」

「限界《げんかい》って……？」

「近いうちに離婚《りこん》するんだって」

私《わたし》は言葉を失った。

……環奈《かんな》の両親が離婚《りこん》ってウソでしょ？

「いろいろな手続きがあるから今すぐってわけじゃないみたいなんだけど、今年中にはするらしいよ」

私《わたし》とちがって、環奈《かんな》の口調は落ち着いていた。もしかしたら離婚《りこん》の話もずっと前から家族でしていたのかもしれない。

「それでね、今住んでいる家はお父さんのものだから、私《わたし》とお母さんは出ていくことになったんだ」

「で、出ていくって……どこに？」

「ひとまずお母さんの実家……おじいちゃんとおばあちゃんが住んでる家に引《ひ》っ越《こ》すみたい」

ま、待って。たしか環奈《かんな》のお母さんの実家って、ここからずいぶん遠いところにあったはずだ。そこに引《ひ》っ越《こ》すってことは、来年には学校も変わるってこと？

「おどろかせちゃったよね。美和《みわ》だけにはずっと言おうと思ってたんだけど、私《わたし》も心の整理がつかなくて」

私《わたし》もまだ頭が真っ白で、何も考えられない。環奈《かんな》が思《おも》い悩《なや》んでいたなんて知らなかったし、気づきもしなかった。でも思い返せば、最近の私《わたし》はずっと親友としてじゃなくて、優《ゆう》に好かれていいなとか、彼女《かのじょ》になれてうらやましいという視点《してん》でしか環奈《かんな》のことを見ていなかった。だからそこに嫉妬《しっと》や劣等感《れっとうかん》が生まれた。前から予兆はあったかもしれないのに、私《わたし》がそれを見落としていたんだ。

「私《わたし》ね、本当は家にいるのがつらかったから、中学で部活をはじめたんだ。そうすれば朝早く家を出れるし、放課後もまっすぐ帰らなくて済《す》むから」

「……優《ゆう》は離婚《りこん》のことを知ってるの？」

「そうなるかもしれないってことは前に話したよ。あ、ほら、一緒《いっしょ》に優《ゆう》の家に行った日。あの帰りにちょっとだけ時間もらって相談はした」

それを聞いてハッとした。ふたりが公園で抱《だ》き合《あ》っていたという噂《うわさ》を耳にした時、私《わたし》なんて本当はじゃまだったんだってショックを受けた。でも本当はちがった。環奈《かんな》の家族のことを聞いた優《ゆう》が慰《なぐさ》めていただけだったのに……私《わたし》はなんてバカなんだろう。

「引《ひ》っ越《こ》すことはまだ優《ゆう》には話してない。そのことだけは最初に美和《みわ》に言おうって決めてた」

「なんで……」

「だって大好きな親友だから」

私《わたし》はずっと環奈《かんな》に置いていかれてる気持ちになっていたけれど、変わっていったのは私《わたし》のほうで、彼女《かのじょ》は昔から何ひとつ変わらない。いつも私《わたし》のことを頼《たよ》ってくれて、信用してくれて、ちゃんと言葉にして大好きって伝えてくれる。

でも本当は隠《かく》れて泣いていた日があったかもしれない。

私《わたし》と同じように笑顔《えがお》を作っていた日もあったかもしれない。

環奈《かんな》はなんでも持っていて、なんでも手に入って、うらやましいって思い続けてきたけれど、そうじゃなかった。

環奈《かんな》にだって誰《だれ》にも言えない悩《なや》みはあるし、ひとりでかかえていたこともあった。

親友なのに……そんなことすら気づけなかった。

「でもね、物心ついた時からずっと美和《みわ》と一緒《いっしょ》だったから、本当はさびしくてしかたないよ」

雨が降《ふ》っているわけじゃないのに、地面が濡《ぬ》れていく。それは環奈《かんな》の目からこぼれ落ちる涙《なみだ》だった。

「来年から私《わたし》は遠くに行くけど、変わらずに親友でいてくれる？」

その問いかけに、うなずくことができなかった。

私《わたし》はずっと幼《おさな》なじみでいることが苦しかった。環奈《かんな》がいなければって思ったこともあるし、心の中で嫌《いや》なことを言ってしまったことだってある。私《わたし》は……彼女《かのじょ》のことを裏切《うらぎ》ってきた。だからうなずく資格《しかく》なんてない。

「……美和《みわ》？」

何も言わない私《わたし》に、環奈《かんな》が不安そうな顔をしていた。私《わたし》はいつだって逃《に》げてきた。その場しのぎの言葉を並《なら》べて、環奈《かんな》と向き合ってこなかった。ここで『ずっと親友だよ』って答えるのは簡単《かんたん》だ。でも私《わたし》はそうしたくない。

「もしかして美和《みわ》も私《わたし》に言えなかったことがあったりする……？」

「……え」

「もしあるなら、全部話してほしい」

環奈《かんな》から強く手を握《にぎ》られた。私《わたし》が今から口にする言葉は、環奈《かんな》を傷《きず》つける。今まで築《きず》いてきた関係を壊《こわ》すことになるかもしれない。でも環奈《かんな》の瞳《ひとみ》を見て、きっと何かをわかっているんだと思った。

環奈《かんな》も覚悟《かくご》を決めてくれた。だから私《わたし》も、覚悟《かくご》を決める。

「私《わたし》、ずっと前から優《ゆう》のことが好きなんだ」

ざわっとバス停の木が揺《ゆ》れた。

「ごめん。環奈《かんな》、ごめん……。私《わたし》も優《ゆう》のことが好きなんだよ」

くり返し言った瞬間《しゅんかん》に、涙《なみだ》があふれた。

環奈《かんな》から離《はな》れるのは私《わたし》のほうだって思っていたのに、彼女《かのじょ》のほうが遠くに行ってしまう。

そんなの、想像《そうぞう》もしてなかった。

「……環奈《かんな》に、優《ゆう》が好きだって打ち明けられたあの日、本当は私《わたし》もだよって言いたかった。でも言えなかった。親友の恋《こい》を応援《おうえん》してあげたいのにできなくて、ずっとずっと苦しかった……っ」

幼《おさな》いころのまま、仲良しな三人でいたかった。それを壊《こわ》した環奈《かんな》に対しての不満もあった。なんで三人じゃダメなのって。幼《おさな》なじみとして支《ささ》え合えればそれでいいはずなのに、なんで優《ゆう》のことをひとり占《じ》めしようとするのって、本当は怒《おこ》りたかった。

でも私《わたし》は環奈《かんな》のことを嫌《きら》いになれなかった。私《わたし》も昔と変わらずにずっと大好きだった。

だからこそ環奈《かんな》にこれ以上、ウソはつけない。そんなことを続けていたら、私《わたし》は作り笑顔《えがお》どころか、心から笑えなくなってしまう。

「美和《みわ》。顔を上げて」

「……っ……無理」

激《はげ》しく首を横に振《ふ》ると、環奈《かんな》は私《わたし》のことを優《やさ》しく抱《だ》きしめた。

「私《わたし》ね、引《ひ》っ越《こ》すことが決まった時、最初に頭に浮《う》かんだ顔は美和《みわ》だった。優《ゆう》のことも大切だけど、夜にさびしいな、話したいなって思うのは優《ゆう》じゃなくて美和《みわ》なの。私《わたし》にとって美和《みわ》はずっと特別な人だよ」

ゆっくりと環奈《かんな》のことを見ると、その瞳《ひとみ》にはダイヤモンドみたいな涙《なみだ》がたまっていた。

幼稚園《ようちえん》の時、引っこみじあんだった私《わたし》に最初に声をかけてくれたのは環奈《かんな》だった。私《わたし》にとって彼女《かのじょ》は生まれて初めての友だちであり、環奈《かんな》にとってもそうだと思う。私《わたし》が彼女《かのじょ》と離《はな》れられなかったのは、こんなにも大切に思ってくれる人は他にいないから。そして私《わたし》も環奈《かんな》のことを誰《だれ》よりも大切に思っている。

「美和《みわ》はもう私《わたし》といるのが嫌《いや》かもしれないけど、私《わたし》は美和《みわ》とこれからも親友でいたい」

ただ、私《わたし》たちは好きな人が同じになってしまっただけ。誰《だれ》も悪くないし、これからだってそう。たとえ好きな人が同じでも、私《わたし》も環奈《かんな》と親友をやめたくない。

「あとで引《ひ》っ越《こ》し先の住所を教えて。ぜったいに会いにいくし、環奈《かんな》もこっちに来て。もし会えなくても毎日電話すればいいよ。私《わたし》も環奈《かんな》だから話したいことが、たくさんたくさんあるよ」

「……っ、ありがとう。美和《みわ》」

私《わたし》たちはそのあと、顔をくしゃくしゃにさせながら泣いた。

空にはきれいな星が輝《かがや》いていて、まるで私《わたし》たちの未来が明るいことを教えてくれてるみたいだった。

○9 ― 揺《ゆ》れる心ときみへの告白《こくはく》

翌日《よくじつ》の朝。私《わたし》は早起きをして家を出た。向かったのは、学校の近くにある公園。まだ誰《だれ》も遊んでいない広場のベンチには鮫島《さめじま》が座《すわ》っていた。

「あ、おはよう。美和《みわ》ちゃん」

空から降《ふ》り注《そそ》いでいる朝日が彼《かれ》の髪色《かみいろ》をよりいっそう派手《はで》にしていた。

「うん、おはよう。急に呼《よ》び出《だ》してごめん。眠《ねむ》いよね？」

「平気だよ。たまには早起きするのもいいもんだね。散歩中の犬も見れるし」

鮫島《さめじま》は公園内を散歩してる犬を微笑《ほほえ》ましく見つめていた。

昨日環奈《きのうかんな》と別れたあと、私《わたし》は彼《かれ》にメッセージを送った。

【鮫島《さめじま》にしか頼《たの》めないことがあるんだけど、聞いてくれる？】

そして彼《かれ》は私《わたし》の望みを叶《かな》えるために、こうして早い時間から公園に来てくれた。

「本当にいいの？　後悔《こうかい》しない？」

ベンチに腰《こし》かけた私《わたし》のまわりに新聞紙を敷《し》いて、鮫島《さめじま》はその背後《はいご》に立っていた。

「しないよ。だからお願い」

まっすぐに伝えると、鮫島《さめじま》は後ろから私《わたし》の髪《かみ》をさわった。「こういうのって途中《とちゅう》で決意が変わらないように、最初は大きく切ったほうがいいんだって」と、彼《かれ》がハサミを入れる。

……じょきっと、気持ちいい音がしたあとには、新聞紙の上に十センチ以上の髪《かみ》の毛《け》が落ちていた。

「もうこんなに切っちゃったから、やっぱりやめるって言えなくなったね」

「最初から言うつもりなんてないよ」

「じゃあ、もっと切っていくね」

私《わたし》は鮫島《さめじま》に髪《かみ》の毛《け》を切ってほしいとお願いした。急すぎる頼《たの》みごとだったにもかかわらず、彼《かれ》はふたつ返事で承諾《しょうだく》してくれた。

「前に自分で髪《かみ》の毛《け》を切ってるって言ってたとおり、やっぱりうまいね」

「鏡もないのにうまいってわかるの？」

「音でわかるよ」

「はは、プロだ」

「プロはそっちじゃん」

「いやいや、俺《おれ》は素人《しろうと》だよ。だから普通《ふつう》に緊張《きんちょう》してるよ。まさか美和《みわ》ちゃんの髪《かみ》を切る日が来るなんて思ってなかったし」

鮫島《さめじま》の切り方は丁寧《ていねい》だけど、その手に迷《まよ》いは感じられない。片想《かたおも》いの分だけ伸《の》ばしてきた髪《かみ》が足元に落ちてくるたびに、心まで軽くなっていく。あえて「このくらいで」というリクエストはしていない。彼《かれ》ならきっと、今の私《わたし》に合う髪型《かみがた》にしてくれるっていう自信があったからだ。

「私《わたし》ね、環奈《かんな》に本当のことが言えたよ。それでふたりしてわんわん泣いた。それができたのは鮫島《さめじま》のおかげだと思ってる」

「俺《おれ》なんにもしてないよ？」

「ううん、たくさんしてくれたよ。ありがとね」

鮫島《さめじま》の前向きな言葉が、何度も私《わたし》の背中《せなか》を押《お》してくれた。臆病《おくびょう》だった私《わたし》が勇気を出せたのは、まちがいなく彼《かれ》がそばにいてくれたからだ。

「私《わたし》、本当はずっと前から知ってたことがあるの」

「んー何？」

「優《ゆう》の初恋《はつこい》が環奈《かんな》だってこと」

私《わたし》は人が恋《こい》に落ちる瞬間《しゅんかん》を見たことがある。それは優《ゆう》と環奈《かんな》が出会った瞬間《しゅんかん》だ。片想《かたおも》いをこじらせすぎて、優《ゆう》が優《やさ》しさだけで環奈《かんな》とつき合っているんじゃないかと疑《うたが》ったこともあったけれど……。私《わたし》が優《ゆう》を好きになる前に、環奈《かんな》が優《ゆう》を好きになる前に、優《ゆう》は環奈《かんな》のことが好きだった。

「人って恋《こい》をすると、その相手に向ける視線《しせん》がちがうんだ。優《ゆう》はね、最初から環奈《かんな》に向ける視線《しせん》が特別だった。でも私《わたし》はそれに、気づいてないふりをしてた」

私《わたし》は幼《おさな》なじみだったけれど、優《ゆう》は最初から環奈《かんな》のことを女の子として見ていた。それをずっとずっと、認《みと》められずにいたんだ。

「それを認《みと》めなければ、自分の初恋《はつこい》は終わらないって思ってた。……そう、思いたかった。だから私《わたし》はいっぱいあのふたりのせいにしちゃった。最低でズルすぎるよね」

すると鮫島《さめじま》のハサミが止まった。

「人を好きになったら誰《だれ》だってズルくなる。それが恋《こい》だよ」

その言葉が胸《むね》に刺《さ》さって、泣きそうになった。

恋《こい》をしたから苦しかった。

恋《こい》をしたから悲しかった。

でも恋《こい》をしなかったら、苦しいことも悲しいこともズルいことも知ることはなかった。

きっと知ってよかったんだと思う。

それをまた鮫島《さめじま》が教えてくれた。

「はい。できたよ」

私《わたし》はカバンに入っている手鏡で自分の姿《すがた》を確認《かくにん》した。そこにはショートカットの自分が映《うつ》っていた。

「すごい……。私《わたし》じゃないみたい」

「どうですか？」

「鮫島《さめじま》的にはどう？」

「すごく似合《にあ》ってるよ」

「うん。私《わたし》もそう思う」

髪《かみ》の毛《け》を切ったくらいですべてが変わるとは思っていない。でも大きなきっかけにはなるだろう。

「ありがとう。鮫島《さめじま》」

「どういたしまして」

それから私《わたし》たちは急いで片《かた》づけをはじめた。新聞紙を回収《かいしゅう》してベンチのまわりをきれいにするころには、学校に登校する時間になっていた。

「それで美和《みわ》ちゃんの今の気持ちはどうなの？」

「気持ちって？」

「神谷《かみや》に対しての気持ち」

髪《かみ》を切ると決めたのは優《ゆう》への気持ちを断《た》ちきるというより自分の中のけじめだ。環奈《かんな》と親友でいつづけると決意したからには、片想《かたおも》いも終わらせなければいけない。それができるのは、片想《かたおも》いをはじめた自分だけなのだから。

「優《ゆう》にもちゃんと今まで言えなかったことを話そうと思ってる」

「そしたら美和《みわ》ちゃんの気持ちは消える？」

「それはわからない。でも徐々《じょじょ》に消えていくと思う」

「そっか。よかった」

「あ、じゃあ、次は鮫島《さめじま》の番だね」

「うん？」

「ほら、好きな人がいるって言ってたでしょ」

「ああ、それ美和《みわ》ちゃん」

「え……？」

「だから、俺《おれ》の好きな人って美和《みわ》ちゃんのこと」

あまりに流れるように言うから、思わず聞きのがしてしまいそうになった。

「俺《おれ》もかなりズルいよ。だって相談に乗ってあげるっていう理由をつけて、美和《みわ》ちゃんのそばにいた。本当は早く神谷《かみや》をあきらめてほしかったし、俺《おれ》を選んだらいいのにって思ってた」

自分の心臓《しんぞう》が激《はげ》しく動揺《どうよう》している。ゆっくりと近づいてくる鮫島《さめじま》から、目をそらすことができなかった。

「俺《おれ》もずっと、美和《みわ》ちゃんに片想《かたおも》いしてたよ」

鮫島《さめじま》が……私《わたし》のことを好き？

「え、鮫島《さめじま》の好きな子は別の学校でしょ？」

「俺《おれ》はそんなことひとことも言ってないよ」

「だ、だってその子を好きになったのは中学に入る前って……」

「うん、美和《みわ》ちゃんを好きになったのは説明会の時から」

「でもクラスメイトの女子には興味《きょうみ》ないって言ってたし……」

「俺《おれ》の中で美和《みわ》ちゃんは特別だから、クラスメイトじゃないよ」

ひとつひとつ訂正《ていせい》されるたびに、ひとつひとついろんな感情《かんじょう》が湧《わ》き上《あ》がってくる。

好きな人に好きな人の相談をされることがどんなに苦しいか、私《わたし》は知っている。

もしかして私《わたし》も鮫島《さめじま》に同じことをしてた？

私《わたし》が優《ゆう》の話をしてる時、どんな気持ちでいたの？

「美和《みわ》ちゃんは俺《おれ》のこと、どう思ってる？」

「そ、そんな急に言われても……」

「困《こま》る？」

「こ、困《こま》るっていうか、私《わたし》は鮫島《さめじま》のことを友だちだと思ってたし、鮫島《さめじま》もそうだって思ってたから……」

頭がごちゃごちゃで、うまくしゃべることができない。

「俺《おれ》もそばにいられるなら友だちでいいと思ってた。でも今は友だちのままじゃ嫌《いや》なんだ」

鮫島《さめじま》の手が私《わたし》のほうに伸《の》びてきた。どうしていいかわからずに、私《わたし》はとっさにあとずさりしてしまった。

「あ、えっと、その、鮫島《さめじま》の気持ちはうれしいよ。でもほら、鮫島《さめじま》って他に仲良くしてる女の子いないし、刷りこみってわけじゃないけど、私《わたし》と近い距離《きょり》にいるからそれが恋《こい》だって錯覚《さっかく》してるだけとかはない？」

空気を変えようとしただけだった。なのに自分じゃないみたいに勝手に口が動いた結果、とんでもないことを言ってしまった。

「刷りこみ？　錯覚《さっかく》？　そうだとしたら、こんな気持ちにはならないよ」

すぐに「あ……」って思った。だって鮫島《さめじま》が悲しい顔をしていたから。

「ご、ごめん。鮫島《さめじま》、私《わたし》……」

「ううん。いいんだ。でも俺《おれ》は美和《みわ》ちゃんのことが好きだから、もう友だちではいられない。俺《おれ》のほうこそ勝手でごめんね」

彼《かれ》はそれだけを言い残して、公園から出ていった。ひとり残された私《わたし》はその場に立ちつくすだけで、鮫島《さめじま》のことを追いかけていくこともできなかった。

私《わたし》はなんてひどいことを言ってしまったんだろう。

鮫島《さめじま》なら明るく返してくれると思った？

いつもみたいに、からかっただけだよって笑ってくれると思った？

ううん。ちがう。私《わたし》は怖《こわ》かったんだ。

鮫島《さめじま》といるのが楽しくて居心地《いごこち》もよかったから、そんな関係が崩《くず》れてしまう気がして怖《こわ》かった。

だから私《わたし》はまた逃《に》げようとした。

なんで、なんで私《わたし》はいつもこうなの？

情《なさ》けなくて、悔《くや》しくて、自分の頬《ほお》を強く叩《たた》いた。

＊

そのあと、通常《つうじょう》どおりの学校がはじまった。髪《かみ》を切ったことでふだんはあいさつ程度《ていど》に言葉を交《か》わすだけのクラスメイトからも「急にどうしたの⁉」「でも似合《にあ》うね」なんて、声をかけてもらった。

鮫島《さめじま》のおかげでほめてもらえているのに、教室に彼《かれ》の姿《すがた》はない。鮫島《さめじま》は朝のホームルームの時にはいたけれど、午前授業《じゅぎょう》には参加しなかった。……カバンは机《つくえ》の横にかけられているから、帰ってはいないはず。また保健室《ほけんしつ》かどこかでサボっているんだろうけど、それを確《たし》かめにいけるわけもなく……。

「み……わ、美和《みわ》？」

気づくと、環奈《かんな》が私《わたし》の顔の前で手を振《ふ》っていた。今は昼休みで、ちょうど机《つくえ》を近づけてお弁当《べんとう》を食べようとしてたところだ。

「あ、ご、ごめん。ちょっと、ぼんやりしてた」

環奈《かんな》とはまだ昨日《きのう》の余韻《よいん》が残っているけれど、本音で話せたおかげで気まずさはまったくなかった。

「やっぱりまだ短い髪《かみ》の美和《みわ》って見慣《みな》れないからなのか不思議な感じがするね。そういえば聞き忘《わす》れてたけど、いつ切ったの？」

「えっと、今日の朝」

「朝⁉」

「うん、鮫島《さめじま》に切ってもらった」

「だから早く学校に行ったんだね。もしかして切ったのって私《わたし》のせい……」

「あーちがう、ちがう！　これは心の整理っていうか、ひとつの形としてちゃんと区切りをつけたかっただけだから、環奈《かんな》のせいとかじゃないよ」

これは自分への決意表明だし、ばっさり切ってもらえたおかげで心は軽くなったはずなのに……。私《わたし》はずっとずっと鮫島《さめじま》のことを考えている。

「そういえば優《ゆう》は？」

「それがさっきから見当たらないんだよね」

優《ゆう》は女子に呼《よ》び出《だ》されても、必ず環奈《かんな》に断《ことわ》りを入れてから行くし、彼《かれ》に限《かぎ》って先生からお説教を受けている、ということはまずありえない。それなら、どこにいるんだろうと思っていたら……。

「なあ、今、体育館ですげえ人が集まってる！」

息を切らせて教室に入ってきたのは、クラスメイトの男子だった。みんな「何、なに？」と前のめりに尋《たず》ねていて、男子は興奮《こうふん》したように言った。

「神谷《かみや》と鮫島《さめじま》がバスケ対決してるんだよ！」

体育館の出入口にはたくさんの野次馬《やじうま》が群《むら》がっている。その人混《ひとご》みをかき分けるように環奈《かんな》と進むと、そこにはバスケットボールを追いかけている鮫島《さめじま》と優《ゆう》がいた。おそらくふたりがやっているのは１on１《ワンオンワン》。攻撃《こうげき》と守備《しゅび》を交互《こうご》に交代して行《おこな》う攻防戦《こうぼうせん》だ。基本的《きほんてき》には制《せい》限《げん》時間を決めて行《おこな》うものだけど、タイムを計っている人は誰《だれ》もいない。

「それで、これってどっちが勝ってんの？」

「今のところ同点っぽい」

ボールを持って攻《せ》めているのは優《ゆう》だ。そして鮫島《さめじま》はシュートを打たせないように守っている。どうしてふたりがこんな勝負をしているのかはわからない。でもこんなにも大勢《おおぜい》の人が見ているというのに、鮫島《さめじま》と優《ゆう》はまわりのことなんて目に入っていない様子だった。

「優《ゆう》を呼《よ》び出《だ》したのって鮫島《さめじま》くんだったのかな？」

「う、うん」

だとしたら、この勝負をもちかけたのも鮫島《さめじま》の可能性《かのうせい》が高い。優《ゆう》は前に練習試合のリベンジをしたいって言っていたけれど、鮫島《さめじま》はあまり乗り気ではなかった。それなのに、どうして……。

「あっ」

思わず声が出た。視線《しせん》の先には、ゴールに向かってシュートを決めようとしてる優《ゆう》がいる。あの左側からの角度は彼《かれ》がもっとも得意《とくい》としているポジションだ。ボールはきれいな放物線を描《えが》いて、ゴールへと吸《す》いこまれていく。

――入る。だってあの場所からのシュートを優《ゆう》は外したことがない。私《わたし》は小学生の時からずっとずっと、シュート練習をする優《ゆう》を見守ってきた。彼《かれ》のことが好きだったから誰《だれ》よりも応援《おうえん》して、優《ゆう》が試合に勝てるように神様に祈《いの》った日だってある。彼《かれ》以外の男子なんて、興味《きょうみ》がなかった。そうやって私《わたし》はこれからも優《ゆう》のことを好きでいつづけるんだと思っていた。思っていたのに……。

「ダ、ダメ……！」

優《ゆう》が放ったボールを視線《しせん》で追いかけながら、そんなことを叫《さけ》んでいた。私《わたし》の言葉が届《とど》いてしまったのか、ボールはゴールリングを一周したあと外側に落ちた。それによって攻守《こうしゅ》が変わる。次にボールを手にしたのは鮫島《さめじま》だった。

「おおー!!」と一気に歓声《かんせい》が沸《わ》く。息をのむような白熱した戦い。なんで私《わたし》はさっき『ダメ』なんて言ったんだろう。いつだって優《ゆう》だけを見てきたはずなのに……なんで私《わたし》の瞳《ひとみ》には鮫島《さめじま》しか映《うつ》ってないんだろうか？

今、願っていること。私《わたし》が応援《おうえん》しているのは……。

「――鮫島《さめじま》っ！」

彼《かれ》の名前を呼《よ》んだ。それと同時に鮫島《さめじま》の手からボールが離《はな》れる。それは一瞬《いっしゅん》のできごとで、ボールは音もなくゴールネットの中に入っていった。

……ピピィィー‼

その瞬間《しゅんかん》、どこからかホイッスルが聞こえた。鳴らしたのは騒《さわ》ぎを聞きつけてやってきた体育の先生だ。

「こらー、おまえたち！　授業《じゅぎょう》以外でボールを出すのは禁止《きんし》だぞ！」

先生が来たことで野次馬《やじうま》たちも、わらわらと逃《に》げていく。私《わたし》はさっきの余韻《よいん》で、まだ動けそうにない。

勝負は鮫島《さめじま》が勝った。時間を忘《わす》れて戦い続けたふたりは、先生からお説教をされているにもかかわらず、その場に座《すわ》りこんでいた。

「……なんかすごかったね。見てたこっちまで力が入っちゃった」

環奈《かんな》も私《わたし》と同じように、放心状態《じょうたい》になっているようだ。

この勝負になんの意味があったのかはわからない。

でも私《わたし》の胸《むね》が熱いのには、きっと意味がある。

「あれ、ふたりとも来てたんだ」

お説教を終えた優《ゆう》が私《わたし》たちのことに気づいた。私《わたし》は鮫島《さめじま》に声をかけようとしたけれど、彼《かれ》は別の出入口を使って体育館から出ていってしまった。

昼休みが終わるまであと五分。完全にお昼ごはんを食べ損《そこ》ねてしまったけれど、今はいろいろな意味で胸《むね》がいっぱいになっている。

「美和《みわ》、あとで時間作れる？」

優《ゆう》が改まった口調で、そんなことを聞いてきた。

「え、時間？」

「うん、話したいことがあるんだ」

10 ―― 好きな人と片想《かたおも》い

迎《むか》えた放課後、私《わたし》は優《ゆう》と教室にいた。先ほど部活へと向かった環奈《かんな》はこころよく優《ゆう》とふたりになることを許《ゆる》してくれて、「私《わたし》のことは気にしなくていいから、ゆっくり話してね」と言ってくれた。

「時間作ってくれて、ありがとうな」

「ううん。それで話って何……？」

「昼休みのバスケ勝負、じつは鮫島《さめじま》から頼《たの》まれたんだよ。ぜったいに負けられない理由があるから、一対一をやってほしいって」

やっぱり、あの勝負は鮫島《さめじま》が言い出したことだったんだ。

「俺《おれ》が勝ったら、美和《みわ》ちゃんを呪《のろ》いから解放《かいほう》してあげてよって言われた。それがなんなのか俺《おれ》はよくわからなかったけど、個人的《こじんてき》に神谷《かみや》を超《こ》える必要があるからって」

それを聞いて、ぎゅっと胸《むね》が締《し》めつけられた。私《わたし》はその呪《のろ》いの意味を知っている。あの時、鮫島《さめじま》は優《ゆう》に対してこの言葉を使った。でも今回はきっとちがう。幼《おさな》なじみだから、という理由で踏《ふ》んぎりがつかない私《わたし》の気持ちを悟《さと》って、彼《かれ》は優《ゆう》に勝負を挑《いど》んでくれた。同時にそれは、鮫島《さめじま》なりの決意でもある。

「鮫島《さめじま》の目が真剣《しんけん》だったから勝負を受けた。結果的に負けたけど本気でやった分、すごく清々《すがすが》しかったよ」

優《ゆう》がやわらかい顔で笑った。鮫島《さめじま》は無鉄砲《むてっぽう》だけど、自分の気持ちを押《お》しつけてくる人じゃない。だからきっと、この勝負に勝ったからと言って、私《わたし》が鮫島《さめじま》を選ぶとも思っていない。それでも、彼《かれ》は優《ゆう》と一対一をしてくれた。私《わたし》に、きっかけを作ってくれた。だから今度は私《わたし》が自分で前に進む。

「優《ゆう》、ずっと言えなかったことがあるんだけど聞いてくれる？」

「何？」

「私《わたし》ね、小さいころから優《ゆう》のことが好きだった」

それはずっと言えなかった二文字の言葉。私《わたし》は優《ゆう》に恋《こい》をした時から片想《かたおも》いだったけれど、好きにならなきゃよかったとは思わない。苦しかったことも悲しかったこともムダじゃなかったって思いたい。

「え、美和《みわ》が俺《おれ》のこと？　そっか、そうだったんだ。悪い、今まで全然気づかなくて……」

「ううん、いいんだよ。私《わたし》が気づかせないようにしてたんだし」

「ありがとう。びっくりしたけど気持ちはすごくうれしいよ」

「うん」

「でも〝だった〟ってことは、今美和《みわ》の心の中には他の人がいる？」

優《ゆう》からの問いかけに、小さくうなずいた。優《ゆう》のことは今でも大切だけど、それは幼《おさな》なじみとしてだ。鮫島《さめじま》がきっかけを作ってくれたおかげで、ようやく気持ちの整理がついた。

「俺《おれ》も美和《みわ》に言ってないことがあるよ」

「何？」

「俺《おれ》、ずっと美和《みわ》を目標にしてた」

私《わたし》はそれを聞いて、目を丸くした。

ふたりのことが目標だったのは、私《わたし》のほうだ。私《わたし》にはやりたいこともなければ、得意《とくい》なこともない。だからふたりには追いつけないって、ずっと悔《くや》しさばかりをかかえていた。

「小学生の時、美和《みわ》と環奈《かんな》が世話してたウサギが死んじゃって、みんなで一緒《いっしょ》にお墓《はか》を作ってあげたの覚えてる？　クラスのみんなが泣いてる中で、美和《みわ》だけが泣いてなかった」

たしかにそんな時もあった。特に一緒《いっしょ》にかわいがっていた環奈《かんな》は目が腫《は》れるほど泣いていて、私《わたし》はその背中《せなか》をずっとさすってた。

「でも美和《みわ》が本当は隠《かく》れてひとりで泣いてたの知ってる。美和《みわ》は昔からそう。強く見えるからこそ、弱いところを誰《だれ》にも見せない」

「…………」

「自分がつらくても他の人が弱くなったりできるようにっていう美和《みわ》の優《やさ》しさだってことはわかってる。自分じゃなくて、誰《だれ》かの気持ちを考えるって真似《まね》できることじゃないから尊敬《そんけい》もしてるし、美和《みわ》は俺《おれ》にとって自慢《じまん》の幼《おさな》なじみだよ」

私《わたし》はきゅっと唇《くちびる》をかんだ。私《わたし》だって優《ゆう》と環奈《かんな》のことが自慢《じまん》だし、尊敬《そんけい》もしている。だけど、その分引け目も感じていた。私《わたし》なんかが隣《となり》を歩いていいのかなって。ふたりは完璧《かんぺき》なのにあの子だけはちがうよねって、まわりもそう思っているはずだって不安だった。

私《わたし》は宝石《ほうせき》みたいに輝《かがや》いているふたりと幼《おさな》なじみでいることに自信がもてずにいたんだ。

でも、これからはそんなこと思わない。

ちゃんと胸《むね》を張《は》って、ふたりの幼《おさな》なじみって言いたい。

「ありがとう、優《ゆう》。私《わたし》、きっともう大丈夫《だいじょうぶ》な気がする」

〝俺《おれ》は美和《みわ》ちゃんが心から笑えるようになったらいいなって思ってるよ〟

ふっと、鮫島《さめじま》の声が聞こえた気がした。

私《わたし》はもう、作り笑顔《えがお》はしない。弱さを見せることははずかしいことじゃないから、これからは何も隠《かく》さないありのままの自分でいたい。

「ねえ、優《ゆう》。最後にひとつだけ。優《ゆう》はいつから環奈《かんな》のことが好きだった？」

それは、前に聞くことができなかったこと。

「もちろん、出会った時からだよ」

その答えをもらえた瞬間《しゅんかん》、やっぱりそうかって、私《わたし》は笑った。失恋《しつれん》からはじまった恋《こい》だったけれど、やっぱりしてよかったなって思う。今は、ちゃんとそう思える。

「私《わたし》、これから先もずっと優《ゆう》と環奈《かんな》と幼《おさな》なじみでいたい」

「うん、俺《おれ》も。美和《みわ》とだったら大人《おとな》になってもつながってるだろうなって思う」

「大人《おとな》かあ。長いな。うん、長いつき合いになるね」

「これからも、よろしく」

「こちらこそ、よろしく」

今日からはもっと大切にできる。私《わたし》は誰《だれ》よりも幼《おさな》なじみふたりの恋《こい》を応援《おうえん》していくんだ。

＊

長かった片想《かたおも》いが終わって数日後。学校では期末試験がはじまっていた。みんなのシャーペンの音を聞きながら、鮫島《さめじま》のことを横目で確認《かくにん》する。彼《かれ》はすでに答案用紙を裏返《うらがえ》しにして、机《つくえ》に顔を伏《ふ》せていた。
――『俺《おれ》は美和《みわ》ちゃんのことが好きだから、もう友だちではいられない』
あれから鮫島《さめじま》とは話せていないし、彼《かれ》から近づいてくることもない。きっと私《わたし》があの時、鮫島《さめじま》のことを拒絶《きょぜつ》するような反応《はんのう》を取ってしまったせいだ。

少し前まで彼《かれ》はただのクラスメイトで、関わりもなかった。それが普通《ふつう》だったし、私《わたし》たちは同じ教室にいても、まじわらない場所にいたはずだった。だから、これは数か月前の形に戻《もど》っただけ。そうやって割《わ》りきれたら楽なのに、私《わたし》は何をしていても鮫島《さめじま》のことを目で追っている。

キーンコーンカーンコーン。

試験期間は午前中で帰宅《きたく》できることもあって、クラスメイトたちは早々に帰っていく。

「美和《みわ》〜。ちりとり持ってきたよ」

「あ、環奈《かんな》。ありがとう」

日直の私《わたし》はせっせと教室の掃《は》き掃除《そうじ》をしていた。ちなみにペアの男子は風邪《かぜ》で休みだ。

「優《ゆう》はこれから法事だから車で帰るって」

「ああ、そういえば朝言ってたね」

優《ゆう》に気持ちを伝えたことは包《つつ》み隠《かく》さず環奈《かんな》に報告《ほうこく》した。長年こじらせていたわりにはとてもシンプルな伝え方だったかもしれないけれど、私《わたし》はあれでよかったと思っている。

「古宮《こみや》さん、ちょっといい？　先週の委員会のことなんだけど……」

廊下《ろうか》から顔をのぞかせているのは図書委員の担当《たんとう》の先生だ。環奈《かんな》はそのまま先生に連れていかれてしまい、私《わたし》はひとまず掃除《そうじ》を終わらせた。

誰《だれ》もいない教室は、必然的にあの日のことを呼《よ》び起《お》こさせる。私《わたし》がくり返し考えているのは、やっぱり鮫島《さめじま》のことだった。

――『俺《おれ》さ、ずっと思ってたんだよ。松永《まつなが》さんって笑うのが下手《へた》だなって』

最初はすごく失礼なやつだと思った。いきなり友だちになろうって言ってきたり、距離《きょり》感《かん》を注意しても近づいてくるから、変わり者を通《とお》り越《こ》して苦手だと思った。

だけど、彼《かれ》が無遠慮《ぶえんりょ》に私《わたし》の心に入ってくるから、いつの間にか私《わたし》の中に鮫島《さめじま》っていう椅《い》子《す》が置いてあるようになった。彼《かれ》といるといつも騒《さわ》がしくて、あきれたことは数えきれないけれど、私《わたし》はその明るさに救われていた。

だから友だちを解消《かいしょう》されて、話さないことが日常《にちじょう》になって、私《わたし》の心にはぽっかりと穴《あな》があいてしまっている。

「……こんなことを思うなんて、ズルすぎるよね」

ぽつりとひとりごとをつぶやくと、私《わたし》の机《つくえ》になにか置かれていることに気づいた。

「これって……」

手に取ったのは、いちごみるく味と書かれた飴《あめ》だった。こんな甘《あま》い飴《あめ》をなめる人はひとりしか知らない。

これってどういう意味だっけ？　元気が出る飴《あめ》？　いや、ちがう。

たしかこれは……仲直りできる飴《あめ》だ。

「もう、なんなの。わかりづらいし」

飴《あめ》を握《にぎ》りしめたら、自然と涙《なみだ》が出た。

鮫島《さめじま》は自分の世界をもっていて、まわりからの視線《しせん》も気にしないほど自由な人だ。でも本当は繊細《せんさい》で、私《わたし》と同じように自分の気持ちを隠《かく》すことがうまい人だった。

なんで私《わたし》の気持ちがわかるんだろうって、何度も思った。なんでいつも私《わたし》の欲《ほ》しい言葉をくれるんだろうって、いつも思ってた。でもそれは、鮫島《さめじま》も片想《かたおも》いのつらさを知っていたからだ。

……ガタッ。その時、背後《はいご》で物音がした。「鮫島《さめじま》――」と、振《ふ》り向《む》きざまに名前を呼《よ》んだけれど、そこにいたのは環奈《かんな》だった。

「あ、お、遅《おそ》かったね！　先生の話なんだった？」

泣いていたことがバレないように、私《わたし》はあわてて背中《せなか》を向けた。そのまま帰り支度《じたく》をしてるふりをすると、「あのね、美和《みわ》」と環奈《かんな》が静かに呼《よ》びかけてきた。

「私《わたし》、本当は聞こえてたよ。優《ゆう》と鮫島《さめじま》くんがバスケをしてた時、美和《みわ》が鮫島《さめじま》くんの名前を呼《よ》んだこと」

私《わたし》もなんとなく、そうだろうと思っていた。もしも理由を尋《たず》ねられたらなんて言おうか考えていたけれど、今日まで環奈《かんな》は何も聞いてこなかった。

「それと、もうひとつ。美和《みわ》にずっと言ってないことがあるんだ」

「……言ってないこと？」

「私《わたし》ね、美和《みわ》の初恋《はつこい》が優《ゆう》だってことに本当は気づいてた」

「え？」

「だから優《ゆう》に対する美和《みわ》の気持ちも、心のどこかでもしかしてそうなんじゃないかって思うこともあった」

環奈《かんな》は申しわけなさそうに、スカートの裾《すそ》を握《にぎ》りしめていた。

「私《わたし》はうわべだけで仲良くしてるお母さんたちを見てきたから、自分はぜったいにそんなことしないって思ってた。でも、優《ゆう》と美和《みわ》のことがどっちも大切だったから、どっちも失わないように必死だった」

「……環奈《かんな》」

「あの夜、美和《みわ》は自分のことをズルいって言ったけど私《わたし》もそうだよ。ちゃんと本当のことを言わなきゃいけなかったのに、美和《みわ》に嫌《きら》われたくなかったから言えなかった」

彼女《かのじょ》の嘘偽《うそいつわ》りのない瞳《ひとみ》が、まっすぐ私《わたし》に向けられている。人を好きになったら誰《だれ》だってズルくなる。それが恋《こい》だと鮫島《さめじま》が言ってたけれど、本当にそのとおりだと思う。

「美和《みわ》の気持ちにうすうす気づいてたのに、優《ゆう》のことを好きになった。そうやってズルくても、人を好きになったら動かずにはいられない時がある。今の美和《みわ》は誰《だれ》のことが好き？」

次にスカートを握《にぎ》ったのは私《わたし》のほう。

長すぎた初恋《はつこい》の整理がついて、今の自分の気持ちと向き合った時。私《わたし》の心は鮫島《さめじま》でいっぱいだった。

ズルくてもいい。後悔《こうかい》や反省はもう頭が痛《いた》くなるほどした。だから、この瞬間《しゅんかん》だけは……このはやる気持ちだけは止めたくない。

「鮫島《さめじま》くんならさっき学校から出ていくのを見たよ」

私《わたし》の背中《せなか》を押《お》すように、環奈《かんな》が微笑《ほほえ》んだ。

「私《わたし》、行ってくる……！」

勢《いきお》いよく、教室から飛び出す。

走れ、走れ、走れ。一秒でも早く、鮫島《さめじま》のところまで。

＊

私《わたし》は性格《せいかく》も意地《いじ》っ張《ば》りで、自分に自信がない。でも、そんな私《わたし》のことを好きだって言ってくれた鮫島《さめじま》がいるから、私《わたし》も自分のことを好きになりたいと思っている。

弱さを隠《かく》さなくていいということ。

まわりの目なんて気にしないで自分らしくいること。

待ってるだけじゃダメだってこと。

それは全部、鮫島《さめじま》が私《わたし》に教えてくれたこと。

もうウソはつかないし、誤魔化《ごまか》したりもしない。

私《わたし》は、私《わたし》は……今の気持ちを彼《かれ》にぶつけたい。

「……ハア、ハア……鮫島《さめじま》っ……‼」

ありったけの声で叫《さけ》ぶと、太陽よりもまぶしい金髪《きんぱつ》がこっちを振《ふ》り向《む》いた。鮫島《さめじま》は駐輪《ちゅうりん》場《じょう》の前にいた。その顔はおどろいているというより、追いかけてくることを予想していたような表情《ひょうじょう》に見えた。

「これ、置いたの鮫島《さめじま》でしょ？」

私《わたし》は息を整えながら、ポケットから飴《あめ》を取り出した。

「俺《おれ》じゃないって言ったら？」

「こんな甘《あま》ったるいの、鮫島《さめじま》しかなめないよ」

鮫島《さめじま》と話すのは久《ひさ》しぶりなのに、そんな感じがしない。きっと彼《かれ》が放つ空気がやわらかくて心地《ここち》いいからだ。

でも、私《わたし》たちの距離《きょり》はまだ離《はな》れている。足を前に出してそばにいけないのは、もう鮫島《さめじま》とは友だちじゃないから。

「優《ゆう》とのバスケ勝負、見てたよ」

「うん、見られてたって知ってる」

「あとね、髪《かみ》の毛《け》のことみんながほめてくれた。似合《にあ》いすぎて、どこで切ったの？　って聞かれたくらい」

「はは、マジで？」

私《わたし》たちは少し大きめの声で話し続ける。

「鮫島《さめじま》、私《わたし》、ちゃんと心の整理ができたよ」

「俺《おれ》もずっと心を整理してたよ」

「ねえ、鮫島《さめじま》」

「うん？」

「ごめんっ……」

自分のために泣いた涙《なみだ》。優《ゆう》への片想《かたおも》いで泣いた涙《なみだ》。環奈《かんな》に嫉妬《しっと》して泣いた涙《なみだ》。どの涙《なみだ》も苦かったけれど、彼《かれ》を想《おも》って流れてくるこの涙《なみだ》は、あたたかくて甘酸《あまず》っぱい。

「私《わたし》、鮫島《さめじま》とただのクラスメイトになりたくない」

自分以外のものになることはできないから、認《みと》めることも大事なんだって。いつかそうできるようになれるといいねって、彼《かれ》が私《わたし》に言ってくれた。

あの日から鮫島《さめじま》は私《わたし》の道しるべだ。

そして私《わたし》も彼《かれ》にとって、そうなりたいと思ってる。

「私《わたし》は鮫島《さめじま》のことが好きだよ」

自然と背筋《せすじ》が伸《の》びた。もう下は向かない。彼《かれ》に届《とど》くように、前だけを見る。

「私《わたし》、鮫島《さめじま》の気持ちに向き合うことから逃《に》げた。向き合ったら、今までの関係が崩《くず》れるんじゃないかって思ったから」

でも優《ゆう》と環奈《かんな》と向き合ってみて気づいた。どんなに怖《こわ》くてもどんなに逃《に》げたくなっても、ちゃんと目を見て話さなきゃダメだって。その人を大切に思うのなら、なおさらそうだ。

「鮫島《さめじま》の気持ちがもう私《わたし》から離《はな》れていたとしても、しっかり顔を見て好きだって言いたかった。ごめんね、今さらって思われるかもしれないけど……」

「もうごめんはいいよ。それに今さらじゃなくて、俺《おれ》たちは今からだよ」

そう言って、鮫島《さめじま》が手を差し出してきた。

「とりあえずもっと近くにきて。俺《おれ》もまだまだ美和《みわ》ちゃんに伝えたいことがあるよ」

私《わたし》は一歩ずつ、彼《かれ》との距離《きょり》を縮《ちぢ》めていく。だんだんと速くなっていく胸《むね》の鼓動《こどう》が、新しい恋《こい》のはじまりを教えてくれているみたいだった。

「ごめん、待てないや」

「わっ……」

手を引《ひ》っ張《ぱ》られると、鮫島《さめじま》との間に距離《きょり》はなくなった。片想《かたおも》い同士《どうし》だった私《わたし》たち。だけどこれからはふたりの気持ちを重ねていける。

「ねえ、美和《みわ》ちゃん。お願いがあるんだけど」

「何？」

「やっぱり名字じゃなくて名前で呼《よ》んで」

「――楓《かえで》」

呼《よ》んだ瞬間《しゅんかん》、世界の色が鮮《あざ》やかになった。

彼《かれ》があまりにもうれしそうな顔をするから、私《わたし》も同じように笑った。

〈著者略歴〉

永良サチ（ながら　さち）

2016年『キミがいなくなるその日まで』（スターツ出版）で作家デビュー。著書に、『100日間、あふれるほどの「好き」を教えてくれたきみへ』『365日間、あふれるほどの「好き」を教えてくれたのはきみだった』、「となりの一条三兄弟！」シリーズ、「放課後★七不思議！」シリーズ（以上、スターツ出版）などがある。

イラスト ● 爽々（そうそう）
デザイン ● 根本綾子（karon）
組版 ● 株式会社 RUHIA

カラフルノベル

ばいばい、片想《かたおも》い

2023年7月4日　第1版第1刷発行

著　者　永良サチ
発行者　永田貴之
発行所　株式会社ＰＨＰ研究所
東京本部　〒135-8137　江東区豊洲5-6-52
児童書出版部　☎03-3520-9635（編集）
普及部　☎03-3520-9630（販売）
京都本部　〒601-8411　京都市南区西九条北ノ内町11
PHP INTERFACE　https://www.php.co.jp/
印刷所　株式会社精興社
製本所　株式会社大進堂

ISBN978-4-569-88116-4

NDC913　191P　20cm